D1734858

**Von Sir Arthur Conan Doyle
sind erschienen:**

Die Abenteuer des Sherlock Holmes
Der Hund von Baskerville
Lauter rätselhafte Fälle
Mörderische Abenteuer
Die Rückkehr des Sherlock Holmes
Sherlock Holmes und der bleiche Soldat
Späte Rache
Der Schwarze Peter
Das Tal des Grauens
Das Zeichen der Vier

Sir Arthur Conan Doyle

Der Schwarze Peter

Scherz

Bern – München – Wien

Einzig berechtigte Übertragung aus dem Englischen
von Tanja Terek und Beatrice Schott
Dies ist eine Auswahl aus dem englischen Originalwerk:
»The Complete Sherlock Holmes Short Stories«
Schutzumschlag von Heinz Looser
Foto: Thomas Cugini

1. Auflage 1989, ISBN 3-502-51210-8

Gesamtherstellung: Ebner Ulm

Der Schwarze Peter

Ich glaube, ich habe meinen Freund noch nie besser in Form gesehen, geistig und körperlich, als im Jahr 1895. Seine wachsende Berühmtheit brachte ihm immer mehr Aufträge ein, doch ich würde mich der Indiskretion schuldig machen, wollte ich die Namen all der prominenten Persönlichkeiten nennen, die über unsere bescheidene Schwelle in der Baker Street geschritten sind, um Sherlock Holmes' Rat und Hilfe zu erbitten. Wie jeder wirkliche Künstler gab sich Holmes seinem Beruf um der Kunst willen hin, und so habe ich, ausgenommen den Fall des Duke of Holdernesse*, ihn selten ein hohes Honorar für seine unschätzbaren Dienste verlangen sehen. Ob nun aus Uneigennutz oder aus Laune, jedenfalls verweigerte er oft den Reichen und Mächtigen seine Hilfe, wenn deren Sorgen ihn nicht berührten, während er Wochen um Wochen angestrengtester Arbeit für irgendeinen armen Schlucker opferte, dessen Fall jene besonderen Gefahrenmomente zeigte, die seine Einbildungskraft reizten und seinen ganzen Scharfsinn herausforderten. In dem denkwürdigen Jahr 1895 hatte ihn eine Reihe von interessanten und voneinander sehr verschiedenen Fällen beschäftigt. Da gab es einmal den überraschenden Tod Kardinal Toscas und dann die Festnahme Wilsons, des bekannten Kanarienvogelzüchters, wodurch endlich ein Schandfleck im East End Londons beseitigt wurde. Unmittelbar darauf folgte die Affäre von Woodman's Lee, der Tod Kapitän Peter Careys, womit ich die vorliegende kleine Sammlung abschließen möchte.

* Siehe Spuren im Moor

In der ersten Juliwoche war mein Freund so oft und so lange außer Haus, daß ich bald merkte, er war wieder einem Verbrechen auf der Spur. Da während dieser Zeit einige grobschlächtige Männer erschienen und nach Kapitän Basil fragten, schloß ich, daß er wieder einmal in einer seiner zahlreichen Verkleidungen und unter falschem Namen arbeitete. Er hatte mindestens fünf kleine Absteigequartiere in den verschiedenen Teilen Londons, wo er sich beliebig verwandeln konnte. Er erzählte mir nichts von seinem augenblicklichen Unternehmen, und es war nicht meine Art, ihn auszufragen. Der erste Hinweis, den ich bekam, war höchst sonderbar. An diesem Tag hatte er das Haus schon vor dem Frühstück verlassen. Ich saß gerade beim Morgenkaffee, als er plötzlich im Zimmer erschien, den Hut auf dem Kopf und einen riesigen Speer oder eine Harpune wie einen Regenschirm unter den Arm geklemmt.

»Heiliger Himmel, Holmes!« rief ich. »Sie sind doch nicht etwa mit diesem Ding da quer durch London spaziert?«

»Ich bin nur zum Metzger gefahren und wieder hierher.«

»Höre ich recht: zum Metzger?«

»Ja, so ist es. Und jetzt habe ich einen gesegneten Appetit. Aber das will ich Ihnen sagen, lieber Watson: Nichts ist gesünder als körperliche Betätigung vor dem Frühstück. Ich wette allerdings, Sie werden nicht raten, worin sie bestanden hat.«

»Ich versuch's erst gar nicht.«

Er lachte herzlich, während er sich Kaffee einschenkte.

»Wenn Sie in Allardyce's Laden hätten blicken können, wäre Ihnen im Hintergrund ein totes Schwein aufgefallen, das an einem Haken baumelte, und daneben ein Gentleman in Hemdsärmeln, der mit diesem Instrument hier verbissen auf das arme Tier losging. Der energiegeladene Herr war ich, und ich konnte zu meiner Befriedigung feststellen, daß ich auch beim Aufbieten all meiner Kräfte das Tier nicht mit einem einzigen Stoß durchbohren konnte. Vielleicht möchten Sie es auch einmal versuchen?«

»Gott schütze mich davor! Aber wozu das Ganze?«

»Nun, ich dachte dabei an den Fall von Woodman's Lee, wissen Sie.«

»Ach, Sie sind's«, sagte Holmes zu dem eintreffenden Hopkins. »Ich bekam Ihr Telegramm gestern abend und hab' Sie schon erwartet. Kommen Sie, frühstücken Sie mit uns.«

Unser Besucher war ein quicklebendiger Mann von etwa dreißig Jahren. Obwohl er einen schlichten Tweedanzug trug, konnte man seiner Haltung ansehen, daß er an eine Uniform gewöhnt war. Ich erkannte ihn sofort: Das war Stanley Hopkins, der junge Polizeibeamte, auf den Holmes große Hoffnungen setzte und der seinerseits die wissenschaftlichen Methoden seines berühmten Lehrers bewunderte. Doch Hopkins' Stirn war umwölkt, und er machte einen ausgesprochen niedergeschlagenen Eindruck.

»Vielen Dank, Sir, ich habe schon gefrühstückt, ehe ich aufbrach. Ich mußte gestern Bericht erstatten, und da bin ich gleich in der Stadt geblieben.«

»Und was konnten Sie berichten?«

»Fehlschläge, Sir – absolute Fehlschläge.«

»Sie sind inzwischen nicht weitergekommen?«

»Nicht einen Schritt.«

»Na, dann muß ich mich der Sache wohl ein wenig annehmen.«

»Oh, ich wünsche mir ja nichts sehnlicher, Mr. Holmes! Denn sehen Sie: Das ist mein erster großer Fall, und ausgerechnet da weiß ich nicht ein noch aus. Ich flehe Sie an, mir beizustehen!«

»Schon gut, schon gut, mein Junge. Zufällig habe ich bereits alle Berichte über die Zeugenaussagen und alles andere gelesen. Übrigens, was haben Sie mit dem Tabaksbeutel angefangen? Bietet er keine Anhaltspunkte?«

Hopkins sah überrascht auf.

»Der Beutel gehörte doch dem Mann selbst, Sir. Wir fanden seine Initialen im Innenleder. Er ist aus Seehundsfell, und der Tote war ein alter Seemann.«

»Aber er hatte keine Pfeife.«

»Das stimmt, Sir, er rauchte so gut wie gar nicht. Vermutlich hat er den Tabak für seine Freunde bereitgehalten.«

»Sicher, ich erwähne das nur, weil ich diesen Umstand zum Ausgangspunkt meiner Untersuchungen gemacht hätte. Na, wie auch immer – mein Freund Dr. Watson kennt den Fall übrigens noch gar nicht. Wir würden gern einen chronologischen Bericht der Ereignisse hören.«

Stanley Hopkins zog einen Zettel aus der Tasche.

»Ich hab' hier ein paar Notizen über die Laufbahn des toten Kapitäns Peter Carey. Er wurde 1845 geboren, war also fünfzig Jahre alt; ein äußerst verwegener und geschickter Robben- und Walfischjäger. Im Jahre 1883 befehligte er das Walfangschiff SEA UNICORN aus Dundee. Nach mehreren erfolgreichen Fahrten musterte er im folgenden Jahr ab. Eine Zeitlang trieb er sich in der Welt herum und kaufte schließlich einen kleinen Grundbesitz: Woodman's Lee bei Forest Row in Sussex. Er hat dort sechs Jahre gelebt, und dort ist er vor acht Tagen gestorben.

Er war ein sonderbarer Mensch, dieser Kapitän. Für gewöhnlich streng puritanisch, wortkarg und finster. Sein Haushalt bestand aus ihm, seiner Frau, seiner zwanzigjährigen Tochter und zwei weiblichen Dienstboten. Diese wechselten ständig, denn die Verhältnisse im Hause waren nie angenehm, von Zeit zu Zeit wurden sie sogar unerträglich. Der Mann war ein Quartalssäufer, und wenn es ihn wieder einmal gepackt hatte, führte er sich wie der leibhaftige Teufel auf. Man spricht davon, daß er mehr als einmal Frau und Tochter mitten in der Nacht aus dem Bett gejagt und so lange durch den Garten gepeitscht hat, bis ihre Schreie die ganze Nachbarschaft aufweckten.

Einmal mußte er sogar vor Gericht, weil er einen alten Vikar, der ihm ins Gewissen zu reden versuchte, angegriffen hatte. Kurz, Sie müßten weit suchen, um einen brutaleren Kerl als diesen Peter Carey zu finden. Auf seinem Schiff soll er sich genauso benommen haben. Seine Kollegen nannten ihn den

›Schwarzen Peter‹, und das nicht nur wegen seines dunklen Teints und mächtigen schwarzen Bartes, sondern auch wegen dieses wilden, unberechenbaren Temperaments, das ihn zum Schrecken seiner Umgebung machte. Es erübrigt sich fast zu erwähnen, daß er von allen Nachbarn gehaßt und gemieden wurde. Von keinem habe ich auch nur ein einziges Wort des Bedauerns über sein schreckliches Ende gehört.

Sie werden sicher auch von seiner ›Kajüte‹ gelesen haben, Mr. Holmes, aber vielleicht weiß Ihr Freund noch nichts darüber: Der Kapitän hatte sich nämlich in einiger Entfernung vom Haus eine kleine Hütte gezimmert, die er ›Kajüte‹ nannte und in der er zu schlafen pflegte. Diese winzige Hütte hatte nur einen einzigen Raum, fünf mal drei Meter groß. Den Schlüssel trug er stets bei sich, machte sein Bett selbst, hielt auch alles in Ordnung und erlaubte keinem anderen, seinen Schlupfwinkel zu betreten. Auf der Vorder- und Rückseite der Kajüte gab es je ein Fenster, sie wurden nie geöffnet und waren immer verhängt. Eins ging zur Straße, und wenn nachts Licht brannte, machten die Leute sich gegenseitig darauf aufmerksam und rätselten, was wohl der Schwarze Peter dort triebe. Dieses Fenster, Mr. Holmes, lieferte uns bisher einen der wenigen Anhaltspunkte.

Sie erinnern sich wohl noch, daß zwei Tage vor dem Mord, nachts gegen ein Uhr, der Steinmetz Slater, der von Forest Row kam, stehenblieb, als er zwischen den Bäumen Licht sah. Er schwört, das Profil eines Männerkopfes deutlich durch den Vorhang erkannt zu haben, es sei aber bestimmt nicht der Umriß Peter Careys gewesen, den er gut kannte. Der Mann hatte zwar auch einen Bart, aber im Gegensatz zu dem Kapitän einen kurzen, der außerdem ganz anders abstand. Das war seine Aussage; allerdings kam er in der Nacht gerade vom Wirtshaus, wo er zwei Stunden zugebracht hatte, und das Fenster liegt in einiger Entfernung vom Weg. Das war am Montag, der Mord wurde jedoch am Mittwoch verübt.

Am Dienstag hatte Peter Carey einen seiner schlimmsten

Anfälle, er trank pausenlos und führte sich wie ein wildes Tier auf. Dann strich er ums Haus herum, so daß die Frauen flohen, als sie ihn hörten. Erst am späten Abend zog er sich in seinen Verhau zurück. Um zwei Uhr in der Nacht hörte seine Tochter, die bei offenem Fenster schlief, einen gräßlichen Schrei aus dieser Richtung. Aber da er im Suff häufig brüllte und lärmte, achtete sie nicht weitere darauf. Als eines der Dienstmädchen morgens um sieben aufstand, bemerkte es, daß die Tür der Kajüte offenstand. Aber alle lebten in solcher Angst vor ihm, daß bis Mittag niemand es wagte, nachzusehen, was mit ihm los war. Als sie dann schließlich später durch die offene Tür in den Raum schauten, bot sich ihnen ein solcher Anblick, daß sie totenblaß ins Dorf liefen. Innerhalb einer Stunde war ich an Ort und Stelle und nahm den Fall in die Hand.

Nun, ich habe ziemlich gute Nerven, Mr. Holmes, das wissen Sie, aber ich bekam doch einen Schock, als ich die Kajüte betrat: Die Schmeißfliegen summten, als spielte ein Harmonium, Wände und Fußboden erinnerten an ein Schlachthaus. Carey hatte seine Hütte ›Kajüte‹ genannt, und das war ein treffender Name, denn man kam sich wirklich wie auf einem Schiff vor. An einem Ende des Raumes war eine Schlafkoje, ferner eine Seemannskiste, an den Wänden Land- und Seekarten und auch ein Bild der SEA UNICORN; auf einem Wandbrett standen mehrere Logbücher aufgereiht: alles genau so, wie man es sich in einer Kapitäns-Kajüte vorstellt. Und da, zwischen all diesem Kram, stand auch der Kapitän selbst: das Gesicht verzerrt wie das einer armen Seele in höllischer Folter, der Bart starrte gesträubt in die Luft. Mitten durch die mächtige Brust des Schwarzen Peters hatte jemand eine Harpune gejagt; mit solcher Gewalt, daß sie noch tief hinter ihm in der Wand steckte. Er war aufgespießt wie ein Käfer auf einem Karton. Natürlich lebte er nicht mehr, und das schon seit dem Augenblick in der Nacht, als er seinen letzten gellenden Schrei ausgestoßen hatte.

Ich weiß, wie Sie vorgehen, Sir, und ich versuchte, es ebenso zu machen. Ehe ich also etwas berühren ließ, untersuchte ich sorgfältig den Boden, fand aber keinerlei Fußspuren.«

»Sie meinen, Sie sahen keine?«

»Ich schwöre Ihnen, es waren keine da!«

»Mein lieber Hopkins, ich habe schon eine ganze Reihe von Verbrechen untersucht und doch bis heute noch nicht erlebt, daß eines von einem fliegenden Fabelwesen verübt wurde. Solange sich unsere Täter noch auf zwei Beinen bewegen, müssen auch irgendwelche Spuren da sein – und seien es nur Schrammen, eine geringfügige Unordnung oder sonst eine Kleinigkeit, die der scharfe Beobachter wahrnimmt. Es ist doch einfach unvorstellbar, daß der blutbesudelte Raum nichts enthielt, was uns weiterhelfen könnte. Aus dem Bericht habe ich immerhin entnommen, daß Sie ein paar Dinge übersehen haben.«

Der junge Inspektor zuckte bei dieser Bemerkung meines Freundes zusammen.

»Es war blödsinnig von mir, Sie nicht gleich hinzuzuziehen, Mr. Holmes. Na ja, vergossener Milch soll man keine Träne nachweinen. Ja, Sie haben recht, es gab da ein paar Dinge in dem Raum, die man hätte beachten müssen. Zunächst die Harpune, das Mordinstrument. Sie ist von der Wand heruntergerissen worden. Man sah die leere Stelle zwischen zwei anderen. Im Schaft war eingeritzt: S. S. SEA UNICORN, DUNDEE. Das bestätigt die Theorie, daß der Mord im Affekt geschah und der Täter nach der erstbesten Waffe gegriffen hatte. Der Umstand, daß der Mord zwischen ein und zwei Uhr in der Nacht verübt worden ist und Peter Carey noch völlig bekleidet gewesen war, läßt auf eine Verabredung mit dem Mörder schließen; das wird noch von dem Umstand bestätigt, daß eine Flasche Rum und zwei gebrauchte Gläser auf dem Tisch standen.«

»Gewiß«, sagte Holmes, »ich halte beide Folgerungen für zulässig. Fand man außer dem Rum noch anderen Alkohol im Zimmer?«

»Ja, den gab es. Auf der Seemannskiste stand noch eine Karaffe mit Brandy und eine Flasche Whisky. Aber das ist für uns nicht von Bedeutung, da beides nicht angebrochen war.«

»Da bin ich keinesfalls Ihrer Meinung«, meinte Holmes. »Aber berichten Sie zunächst einmal weiter, erzählen Sie von den Gegenständen, von denen Sie glauben, sie könnten eine Rolle spielen.«

»Nun, da war dieser Tabaksbeutel, der auf dem Tisch lag.«

»Wo lag er genau?«

»In der Mitte. Er war aus glattem Seehundsfell, mit einem ledernen Durchzugband. Innen fanden wir, wie Sie ja wissen, die Buchstaben P. C. Er enthielt nur wenig Tabak, etwa eine halbe Unze, übrigens eine sehr scharfe Schiffstabaksorte.«

»Ausgezeichnet. Sonst noch etwas?«

Stanley Hopkins zog ein schmutziges Notizbuch aus der Tasche; der Einband war abgenutzt und das Papier vergilbt. Auf der ersten Seite standen die Initialen J. H. N., daneben die Jahreszahl 1883. Holmes legte es auf den Tisch und untersuchte es sorgfältig, während wir ihm über die Schulter guckten. Auf der zweiten Seite stand C. P. R., darauf folgten mehrere Seiten mit Zahlen. Es gab noch andere Überschriften: Argentinien, Costa Rica, São Paulo – und jeder folgten wieder Seiten mit Notizen und Zahlen.

»Was halten Sie davon?« fragte Holmes.

»Es scheinen Listen von Börsenpapieren zu sein. Die Buchstaben J. H. N. könnten die Initialen des Maklers und C. P. R. die des Kunden bedeuten.«

»Probieren Sie es doch mal mit ›Canadian Pacific Railways‹«, riet Holmes.

Hopkins murmelte einen Fluch zwischen den Zähnen und schlug sich mit der Hand auf die Stirn.

»Wie konnte ich nur so dämlich sein!« rief er. »Natürlich, das ist es! Dann bleibt nur noch ›J. H. N.‹ zu enträtseln. Ich habe bereits die alten Börsenberichte durchgeackert, konnte aber weder auf der Börse noch unter den nicht zugelassenen

Maklern aus dem Jahre 1883 einen finden, dessen Initialen diesen entsprechen würden. Und trotzdem, ich habe das Gefühl, das ist meine wichtigste Spur. Sie müssen doch zugeben, Sir, daß diese Initialen dem zweiten Mann gehören könnten, dem Mörder also. Außerdem möchte ich behaupten, daß der Einblick in dieses Heft, das so viele Wertpapiere verzeichnet, uns zum ersten Mal einen Hinweis auf das mögliche Tatmotiv liefert.«

Man konnte Holmes vom Gesicht ablesen, daß ihn die neue Wendung aus dem Konzept brachte.

»Ich muß Ihnen in beiden Punkten zustimmen«, sagte er. »Das Auftauchen des Notizbuches, das bei der Untersuchung nicht erwähnt wurde, wirft meine sämtlichen bisherigen Vermutungen über den Haufen. Es verträgt sich in keiner Weise mit der Theorie, die ich mir gebildet hatte. Haben Sie schon versucht, die genannten Wertpapiere aufzufinden?«

»Meine Leute sind gerade dabei. Ich fürchte allerdings, das vollständige Verzeichnis der Aktionäre wird in Südafrika sein. Da können Wochen vergehen, ehe wir über die einzelnen Anteilscheine mehr erfahren.«

Holmes betrachtete den Einband des Notizbuches durch seine Lupe.

»Sehen Sie mal her, das ist doch offensichtlich ein Fleck«, sagte er schließlich.

»Ja, Sir, und zwar Blut. Ich erzählte Ihnen ja, daß ich das Ding vom Boden aufgehoben habe.«

»Auf welcher Seite war da der Blutfleck, oben oder unten?«

»Unten, zum Fußboden hin.«

»Dann beweist das, daß das Buch nach dem Mord herunterfiel.«

»Das sagte ich mir auch, Sir, und folgerte, daß der Mörder es auf seiner überstürzten Flucht fallen gelassen hat. Es lag gleich neben der Tür.«

»Von diesen Aktien hat man wohl keine unter den Sachen des Toten gefunden?«

»Nein, keine.«

»Könnte man einen Raubmord vermuten?«

»Nein, es scheint nichts zu fehlen.«

»Na, das ist wirklich ein verzwickter Fall. Aber hören Sie, es gab da doch auch noch ein Messer, nicht wahr?«

»Ja, ein Dolchmesser, es steckte noch in der Scheide. Man fand es zu seinen Füßen, und Mrs. Carey identifizierte es als Eigentum ihres Mannes.«

Holmes überlegte einen Augenblick.

»Tja«, sagte er dann, »es hilft nichts. Ich muß hinausfahren und mir das Ganze ansehen.«

Stanley Hopkins seufzte erleichtert auf.

»Ich danke Ihnen, Sir, Sie nehmen mir eine Zentnerlast vom Herzen.«

Holmes drohte leicht mit dem Finger: »Vor einer Woche hätte ich es bedeutend leichter gehabt, alter Freund. Aber immerhin, ganz umsonst wird mein Besuch auch jetzt nicht sein. Watson – wenn Sie Ihre Zeit opfern könnten: Ich wäre Ihnen für Ihre Begleitung dankbar. Bitte, Hopkins, bestellen Sie inzwischen schon einen Wagen. In einer Viertelstunde sind wir bereit zur Fahrt nach Forest Row.«

Einige Meilen lang fuhren wir durch die Überbleibsel der einst gewaltigen Wälder, eines Teils des »Sachsenwaldes«, der die normannischen Eroberer so lange abgehalten und den Briten 60 Jahre lang als Bollwerk gedient hatte. Inzwischen sind weite Strecken abgeholzt worden. Hier entstanden damals die ersten Eisenhütten, und das Holz der alten Bäume diente dazu, das Erz zu schmelzen. Längst haben inzwischen die reichen Eisenfelder des Nordens den Markt erobert, und heute zeugen nur noch die nackten Waldflächen und die tiefen Gruben von vergangenen Zeiten. Und hier, auf der Lichtung am Fuß eines grünen Hanges, stand ein langgestrecktes, niedriges Haus, etwas abseits von einem gewundenen Weg; näher am Weg, an drei Seiten von Sträuchern umrahmt, ein kleines Gebäude, das uns eine Tür und ein Fenster zuwandte. Das war der Schauplatz des Mordes: die Kajüte.

Hopkins führte uns zuerst ins Haupthaus, wo er uns einer verhärmt aussehenden älteren Frau vorstellte, der Witwe des Toten. Ihr hageres, von tiefen Furchen durchzogenes Gesicht und die versteckte Angst in den rotgeränderten Augen sprachen beredter von den Jahren des Leidens und der Mißhandlungen, als Worte es vermocht hätten. Auch die Tochter war da, ein blasses, blondes Mädchen, das uns trotzig anblitzte und erklärte, sie wäre froh, daß ihr Vater tot sei, und sie wolle die Hand segnen, die das getan hatte. Es lastete eine drückende Atmosphäre auf dem Haus Peter Careys, und wir atmeten auf, als wir wieder draußen in der Sonne waren und über den Pfad, den die Füße des toten Kapitäns ausgetreten hatten, auf die Hütte zuschritten.

Diese Kajüte war wirklich die primitivste Behausung, die man sich vorstellen konnte: Holzwände, ein einfaches Dach, ein Fenster neben der Tür, eins auf der Rückseite. Der junge Inspektor holte den Schlüssel aus seiner Tasche und wollte gerade aufschließen, als er plötzlich verblüfft innehielt.

»Hier hat sich jemand an der Tür zu schaffen gemacht«, sagte er.

Darüber konnte in der Tat kein Zweifel bestehen. Das Holz war zum Teil zersplittert, und Kratzer zogen sich über den hellen Anstrich, so frisch, als seien sie eben erst entstanden. Holmes untersuchte das Fenster.

»Auch hier hat jemand sein Glück versucht«, sagte er. »Wer es auch war, es ist ihm nicht gelungen. Ein Neuling also.«

»Sehr merkwürdig«, sagte Hopkins kopfschüttelnd. »Ich könnte schwören, daß diese Spuren gestern abend noch nicht da waren.«

»Vielleicht ein neugieriger Nachbar«, schlug ich vor.

»Ziemlich ausgeschlossen. Es gibt nur wenige, die es überhaupt wagen würden, das Gelände zu betreten, geschweige denn, mit Gewalt in die Kajüte einzudringen. Was halten Sie davon, Mr. Holmes?«

»Ich habe das Gefühl, Fortuna meint es gut mit uns.«

»Sie meinen, er wird wiederkommen?«

»Das ist sehr wahrscheinlich. Denn sehen Sie mal: Er hatte gehofft, die Tür unverschlossen vorzufinden – er versuchte darauf, sie mit einem flachen Taschenmesser aufzubekommen, und hatte wieder kein Glück. Was ist also das Nächstliegende?«

»Daß er in der kommenden Nacht mit einem geeigneteren Instrument ans Werk geht.«

»Das glaube ich auch, und wir sind selbst schuld, wenn wir ihn dann nicht fassen. Aber lassen Sie mich jetzt das Innere der Kajüte in Augenschein nehmen.«

Die schlimmsten Spuren des Verbrechens hatte man entfernt, die Einrichtung war jedoch noch genauso wie in der Schreckensnacht. Zwei Stunden lang untersuchte Holmes mit äußerster Konzentration jeden einzelnen Gegenstand im Raum. Aus seinem Gesicht las ich, daß er nicht gerade viel gefunden hatte. Nur einmal unterbrach er seine Arbeit.

»Haben Sie etwas von diesem Bord entfernt, Hopkins?« fragte er.

»Nein, nicht das geringste, Sir.«

»Aber es fehlt etwas. Hier ist weniger Staub als an anderen Stellen. Es könnte ein Buch, vielleicht eine schmale Schachtel gewesen sein. Nun ja, mehr ist hier im Augenblick für mich nicht zu tun. Kommen Sie, Watson, lassen Sie uns ein paar Stunden im Wald verbringen; Blumen und Vögel haben wir in London schließlich nicht alle Tage. Wir sehen Sie dann später hier wieder, Hopkins. Vielleicht gelingt es uns, den Herrn, der letzte Nacht hier war, etwas näher kennenzulernen.«

Es war schon nach elf Uhr abends, als wir unseren Hinterhalt bezogen. Hopkins wollte die Tür zur Kajüte unverschlossen lassen, aber Holmes meinte, es könnte den Eindringling mißtrauisch machen. Das Schloß hatte eine ganz einfache Konstruktion, man brauchte nicht mehr als ein kräftiges Messer, um es zu öffnen. Dann machte Holmes den Vorschlag, wir sollten nicht im Innern der Hütte, sondern zwischen den Büschen beim hinteren Fenster warten. Auf diese Weise könnten wir den Raum übersehen, wenn der Fremde Licht machte, und feststellen, was er mit dem heimlichen nächtlichen Besuch eigentlich bezweckte.

Die Nachtwache wurde lang und trübsinnig, und doch fühlten wir etwas von dem Fieber, das den Jäger erfaßt, wenn er bei der Tränke auf der Lauer liegt und das durstige Raubtier erwartet. Welches Wild würde uns wohl aus der Dunkelheit anschleichen? Ein mörderischer Tiger, der sich nach wildem Kampf mit Zähnen und Klauen überwältigt gibt, oder ein feiger Schakal, der nur dem Schwachen und Wehrlosen gefährlich wird?

Lautlos hockten wir unter den Büschen und warteten. Zunächst brachten uns die Schritte einiger Nachtbummler und der Laut ferner Stimmen aus dem Dorf etwas Zerstreuung, aber nach und nach erstarben auch diese Geräusche, und uns umgab vollkommene Stille. Nur der Klang der fernen Kirchenglocke zeigte ab und zu die verrinnende Zeit an, und der feine Nieselregen klopfte und rauschte auf das Laubwerk, unter dem wir hockten.

Es hatte gerade halb drei Uhr geschlagen – die dunkelste Stunde, die der Morgendämmerung vorausgeht –, als wir zusammenzuckten: Wir hatten vom Gartentor her ein Geräusch gehört. Jemand war auf dem Weg! Längere Zeit blieb alles wieder ruhig, und ich dachte schon, es sei falscher Alarm gewesen, als wir vorsichtige Schritte auf der anderen Seite der Hütte hörten und kurz drauf ein metallisches Knirschen. Der Mann versuchte also, das Schloß aufzubrechen. Entweder war diesmal sein Instrument geeigneter oder er selbst geschickter, jedenfalls hörten wir bald danach ein Schnappen und das Quietschen der Türangeln. Ein Streichholz wurde angerissen, und im nächsten Augenblick beleuchtete der ruhige Schein einer Kerzenflamme die Szene. Durch die dünnen Vorhänge konnten wir alles sehen, was im Zimmer geschah.

Der nächtliche Besucher war ein magerer junger Mann. Der schwarze Schnurrbart betonte noch die Blässe seines Gesichts. Er konnte kaum älter als zwanzig Jahre alt sein. Ich glaube, ich hatte noch nie zuvor einen Menschen in einem solchen Zustand der Angst gesehen: Seine Zähne schlugen aufeinander, und er zitterte sichtlich am ganzen Körper. Er war wie ein Gentleman gekleidet, trug ein Norfolk-Jackett, Knickerbocker und eine Tuchmütze. Ständig blickte er sich ängstlich um. Schließlich klebte er die Kerze auf dem Tisch fest und entschwand in eine Ecke und damit unseren Blicken. Als er wiederauftauchte, hielt er ein dickes Buch in den Händen, eines der Logbücher aus der Reihe auf dem Bord. Den Ellbogen auf den Tisch gestützt, blätterte er hastig die Seiten um, bis er anscheinend die Stelle gefunden hatte, die er suchte. Wir sahen, wie er wütend die Faust ballte, das Buch zuschlug und wieder zurückbrachte; darauf blies er die Kerze aus. Er war noch nicht ganz aus der Tür, da hörte ich seinen Entsetzensschrei: Hopkins' Hand hatte ihn am Kragen gepackt. Die Kerze wurde wieder angezündet, und wir bekamen unseren Gefangenen zu Gesicht, wie er sich zitternd unter dem Griff des Inspektors wand. Schließlich sank er auf die Seekiste und blickte uns hilflos an.

»Nun, Freundchen«, sagte Inspektor Hopkins grimmig, »vielleicht wollen Sie mir erklären, wer Sie sind und was Sie hier suchen?«

Der junge Mann riß sich zusammen und gab sich offensichtlich alle Mühe, uns mit Fassung anzusehen.

»Sie sind wohl von der Polizei?« fragte er. »Sicher denken Sie, ich hätte etwas mit dem Mord an Kapitän Carey zu tun. Aber ich schwöre Ihnen, ich bin unschuldig!«

»Darüber reden wir später«, sagte Holmes. »Zunächst aber: Wie heißen Sie?«

»Ich bin John Hopley Neligan.«

Ich bemerkte, wie Holmes und Hopkins einen kurzen Blick tauschten.

»Und was haben Sie hier zu suchen?«

»Darf ich inoffiziell mit Ihnen sprechen?«
»Nein, keinesfalls.«
»Dann – warum soll ich Ihnen überhaupt etwas sagen?«
»Wenn Sie keine Erklärung für Ihr Verhalten haben, wird es Ihnen vor Gericht vermutlich nicht allzugut gehen.«
Der junge Mann zuckte zusammen.
»Gut«, entschloß er sich endlich, »dann will ich sprechen. Warum eigentlich nicht? O Gott, daß diese alte Geschichte jetzt wieder aufgerührt werden soll! Haben Sie jemals von Dawson & Neligan gehört?«
Von Hopkins' Gesicht konnte ich ablesen, daß er keine Ahnung hatte. Holmes zeigte hingegen lebhaftes Interesse.
»Sie meinen die Bankfirma im Westen des Landes?« fragte er.
»Sie machte mit einer Million Pfund Bankrott und ruinierte damit die meisten Familien Cornwalls. Der Teilhaber Neligan verschwand.«
»Ja, so ist es. Dieser Neligan war mein Vater.«
Endlich erfuhren wir etwas. Aber wo war die Beziehung zwischen einem durchgebrannten Bankier und Kapitän Peter Carey, der mit seiner eigenen Harpune an die Wand gespießt worden war? Wir alle hörten dem jungen Mann gespannt zu.
»Der wirklich Betroffene war mein Vater; Dawson war bereits im Ruhestand. Obwohl ich damals erst zehn Jahre alt war, konnte ich doch die Schande empfinden. Alle haben behauptet, mein Vater habe die Aktien gestohlen und sei mit ihnen geflohen. Aber das ist nicht wahr. Er war fest überzeugt, daß er – mit ein wenig Aufschub – noch alles in Ordnung gebracht und alle Gläubiger befriedigt hätte. Gerade bevor der Haftbefehl ausgestellt worden war, fuhr er mit seiner kleinen Jacht nach Norwegen. Ich erinnere mich noch genau, wie er am letzten Abend meiner Mutter Lebewohl sagte. Er ließ eine Liste der Aktien, die er mitnehmen wollte, zurück und schwor uns, er würde als ein Mann mit fleckenloser Weste zurückkehren; keiner, der ihm vertraut hatte, sollte etwas einbüßen. Seitdem haben wir nichts mehr von ihm gehört. Er und die Jacht verschwanden. Meine Mutter und ich dachten,

er läge mit all den Papieren auf dem Grund des Meeres. Wir haben einen guten Freund, er ist Geschäftsmann, und er entdeckte vor einiger Zeit, daß mehrere der Wertpapiere, die mein Vater mit sich genommen hatte, auf dem Londoner Markt kursierten. Sie können sich vielleicht vorstellen, wie überrascht wir waren. Ich brauchte Monate, um ihre Spur zurückzuverfolgen, und schließlich, nach vielen Fehlschlägen und Mühen, machte ich ausfindig, daß der ursprüngliche Verkäufer ein gewisser Kapitän Peter Carey war, der Besitzer dieser Hütte.

Natürlich holte ich Erkundigungen über den Mann ein. Ich erfuhr, daß er ausgerechnet zu der Zeit, als mein Vater unterwegs nach Norwegen war, ein Walfangschiff befehligt hatte, das aus den arktischen Gewässern zurückkam. Der Herbst damals war sehr stürmisch, besonders aus dem Süden waren ständig Winde aufgezogen. Es war also nicht ausgeschlossen, daß die Jacht meines Vaters abgetrieben und weiter nördlich mit Kapitän Careys Schiff zusammengetroffen war. Wenn das stimmen sollte – was ist dann aus meinem Vater geworden? Ich sagte mir jedenfalls: Wenn es mir gelänge, von Peter Carey zu erfahren, wie diese Aktien auf den Markt gelangt sind, wäre ich imstande zu beweisen, daß nicht mein Vater sie verkauft und sie folglich auch damals nicht aus Profitgier mitgenommen hatte. Ich traf in Sussex ein, um mit dem Kapitän zu sprechen, aber da war er gerade auf so furchtbare Weise umgekommen. In den Zeitungsberichten las ich, wie seine Kajüte aussah und daß sich dort seine alten Logbücher befanden. Ich dachte mir, wenn ich herausfinden könnte, was im August 1883 an Bord der SEA UNICORN geschehen ist, würde es mir auch gelingen, festzustellen, wie mein Vater ums Leben kam. Ich versuchte schon gestern nacht, an die Bücher heranzukommen, aber die Tür brachte ich nicht auf. Heute nacht hatte ich mehr Glück – oder auch nicht, denn die Seiten, die jenen Unglücksmonat betreffen, sind herausgerissen worden. Ja, und da war ich auch schon Ihr Gefangener.«

»Ist das alles?« fragte Holmes.

»Ja, das ist alles«, sagte der junge Mann und schlug dabei die Augen nieder.

»Sie haben also nichts weiter hinzuzufügen?«

Er zögerte unmerklich, wiederholte dann aber: »Nein.«

»Vorgestern abend sind Sie also nicht hier gewesen?«

»Nein.«

»Wollen Sie mir dann bitte erklären, was das hier ist?« brüllte Hopkins und hielt unserem Gefangenen das vermaledeite Notizbuch mit seinen Initialen auf der ersten Seite und dem Blutfleck auf dem Einband unter die Nase.

Der arme Mensch brach nun völlig zusammen. Er vergrub das Gesicht in den Händen und zitterte wie Espenlaub.

»Wo haben Sie das her?« stöhnte er. »Ich wußte nicht, wo es geblieben war, dachte, ich hätte es im Gasthaus verloren.«

»Das genügt«, sagte Hopkins streng. »Wenn Sie noch etwas zu sagen haben, können Sie das vor Gericht tun. Sie kommen jetzt mit zur Polizeiwache. Ihnen, Mr. Holmes, und Ihrem Freund bin ich sehr zu Dank verpflichtet, daß Sie mir geholfen haben. Wie wir jetzt sehen, hätte ich Sie gar nicht zu bemühen brauchen und den Fall auch allein zu diesem erfolgreichen Abschluß gebracht. Aber trotzdem: meinen herzlichen Dank. Ich habe für Sie Zimmer im Hotel Brambletye reservieren lassen, wir können gemeinsam zum Ort zurückgehen.«

»Nun, Watson, was sagen Sie dazu?« fragte mich Holmes, als wir am nächsten Morgen wieder heimfuhren.

»Ich merke, daß Sie nicht zufrieden sind.«

»O doch, mein Lieber. Ich bin völlig im Einklang mit Gott und der Welt. Trotzdem – ich kann Hopkins' Methoden nicht viel abgewinnen; er hat mich enttäuscht, dieser Jüngling, ich hätte mehr von ihm erwartet. Die erste Regel jeder kriminalistischen Untersuchung lautet doch: Suche eine mögliche Erklärung – und wenn du sie hast, so stelle sie wieder in Frage.«

»Und was ist Ihrer Ansicht nach die richtige Erklärung?«
»Sie ist in der Spur zu finden, die ich selbst verfolgt habe. Zugegeben, sie kann sich als Seifenblase erweisen. Ich weiß es vorläufig noch nicht. Jedenfalls werde ich ihr bis zum Ende nachgehen.«

In der Baker Street erwarteten Holmes mehrere Briefe. Er griff einen heraus, öffnete ihn und lachte triumphierend auf. »Herrlich, Watson! Unsere Chancen steigen. Haben Sie Telegrammformulare zur Hand? Seien Sie so gut und schreiben Sie was für mich auf: SUMNER, SCHIFFSAGENT, RATCLIFF HIGHWAY: BRAUCHE MORGEN FRÜH DREI MÄNNER, BASIL! So heiße ich dort. Dann: INSPEKTOR STANLEY HOPKINS, 46 LORD STREET, BRIXTON: ERWARTE SIE MORGEN 9.30 ZUM FRÜHSTÜCK. DRINGEND. ERBITTE TELEGRAFISCHE NACHRICHT, FALLS UNMÖGLICH. SHERLOCK HOLMES. Tja, lieber Watson, dieser verdammte Fall hat mich schon zehn Tage gekostet. Jetzt ziehe ich den Schlußstrich. So Gott will, werden wir morgen zum letzten Mal etwas davon hören.«

Pünktlich zur angegebenen Zeit erschien am nächsten Morgen unser Freund Hopkins. Wir ließen uns zu dem ausgezeichneten Frühstück nieder, das uns Mrs. Hudson vorgesetzt hatte. Der junge Inspektor war in glänzender Laune.

»Sie sind also völlig überzeugt, daß Ihre Lösung die richtige ist?« fragte Holmes kauend.

»Einen klareren Fall kann man sich doch gar nicht vorstellen!«

»Mich überzeugt das Ganze nicht so recht.«

»Sie scherzen, Mr. Holmes. Was verlangen Sie denn sonst noch?«

»Hält Ihre Beweiskette wirklich jedem Zweifel stand?«

»Aber sicher. Ich habe festgestellt, daß der junge Neligan genau am Mordabend im Hotel Brambletye ankam, angeblich, um Golf zu spielen. Sein Zimmer lag im Parterre, so konnte er beliebig und unbemerkt das Haus verlassen. In der fraglichen Nacht ging er nach Woodman's Lee, traf Peter Carey in seiner Kajüte an, geriet mit ihm in Streit und tötete ihn mit der Harpune. Als ihm klar wurde, was er angerichtet hatte, floh er voller Entsetzen. Dabei verlor er das Notizbuch, das er mitgebracht hatte, um Peter Carey nach den Aktien zu fragen. Vielleicht haben Sie bemerkt, daß einige Eintragungen besonders gekennzeichnet waren, die anderen jedoch, und zwar die überwiegende Zahl, nicht. Die angekreuzten konnten auf der Londoner Börse ermittelt werden; die übrigen waren vermutlich noch im Besitz Careys, und der junge Neligan wollte sie – wie er ja selbst zugab – wiederbekommen, um die Gläubiger seines Vaters zufriedenzustellen. Nach seiner überstürzten Flucht wagte er es zunächst ein paar Tage lang nicht, in die Hütte einzudringen. Schließlich überwand er sich, denn er wollte ja Gewißheit. Das alles ist doch wirklich einfach und überzeugend genug.«

Holmes schüttelte lächelnd den Kopf.

»Diese Geschichte hat nur einen Haken, Hopkins: Sie ist nämlich schlechterdings unmöglich. Haben Sie schon mal versucht, eine Harpune durch einen Körper zu jagen? Nein? Mein werter Herr, Sie sollten wirklich mehr auf Einzelheiten achten. Dr. Watson kann Ihnen bestätigen, daß ich einen ganzen Morgen mit dieser Übung zugebracht habe. Glauben Sie mir, es ist kein einfaches Unterfangen, man braucht schon einen sehr starken und trainierten Arm dazu. Der tödliche Stoß ist mit solcher Gewalt geführt worden, daß die Spitze der Harpune noch ein ganzes Stück in die Wand eindrang. Glauben Sie tatsächlich, der anämische Jüngling verfügt über solche Kräfte? Können Sie sich vorstellen, daß er bis tief in die Nacht mit dem Schwarzen Peter zecht? War es etwa sein Profil, das der Steinmetz zwei Nächte vorher im Fenster gesehen hat? Nein, Hopkins, nein, wir haben es mit einem anderen, viel gefährlicheren Gegner zu tun, und den müssen wir suchen.«

Während Holmes sprach, wurde das Gesicht des Inspektors lang und länger. Seine ehrgeizigen Hoffnungen fielen wie ein Kartenhaus in sich zusammen. Aber er wollte die Position wenigstens nicht ganz kampflos aufgeben.

»Wie auch immer, jedenfalls können Sie nicht abstreiten, daß Neligan in der Mordnacht dort gewesen ist. Das Notizbuch spricht dafür. Ich bin sicher, meine Beweiskette ist stark genug, um die Geschworenen zu überzeugen, sogar wenn es Ihnen gelingen sollte, ein Glied aus dieser Kette herauszureißen. Außerdem: Ich kann meinen Angeklagten vorweisen, wo aber ist Ihr Mann?«

»Ich glaube, er kommt gerade die Treppe herauf«, antwortete Holmes gelassen. »Vielleicht wäre es ganz gut, Watson, wenn Sie diesen Revolver in Reichweite behielten.« Er stand auf und legte ein beschriebenes Blatt auf ein Seitentischchen.

»Es ist soweit«, sagte er.

Mrs. Hudson kam herein und meldete, draußen seien drei Männer, die zu Kapitän Basil wollten.

»Führen Sie sie bitte nacheinander herein.«

Als erster trat ein kleiner, rotwangiger Kerl mit blonden Haaren und einem flaumigen Backenbart ein. Holmes zog einen Brief aus der Tasche. »Wie heißen Sie?«

»James Lancaster.«

»Tut mir leid, Lancaster, aber die Mannschaft ist schon vollzählig. Hier haben Sie ein halbes Pfund für Ihre Mühe. Gehen Sie da ins Nebenzimmer, und warten Sie ein paar Minuten.«

Der zweite war ein großer, magerer Kerl mit glattem Haar und fahler Gesichtsfarbe. Sein Name lautete Hugh Pattins. Auch er bekam eine Absage, seine zehn Shilling und den Befehl, zu warten.

Dann erschien der dritte: ein breites Bulldoggengesicht in einem Dickicht von Kopf- und Barthaar. Unter dichten, herabhängenden Augenbrauen glühten dunkle, unverschämte Augen.

Er grüßte und blieb nach Seemannsart breitbeinig stehen, während er seine Mütze in den Händen drehte.

»Sie heißen?«

»Patrick Cairns.«

»Sie sind Harpunier?«

»Jawohl, Sir. Sechsundzwanzig Ausfahrten.«

»Aus Dundee?«

»Jawohl, Sir.«

»Sie sind bereit, auf einem Forschungsschiff anzuheuern?«

»Jawohl, Sir.«

»Was verlangen Sie an Lohn?«

»Acht Pfund den Monat.«

»Können Sie sofort anfangen?«

»Jawohl, Sir, muß nur meine Sachen holen.«

»Haben Sie Ihre Papiere bei sich?«

»Hier sind sie, Sir.« Er zog ein Bündel abgegriffener und fettiger Papiere hervor. Holmes sah sie sich flüchtig an und gab sie ihm zurück.

»Sie sind mein Mann«, sagte er. »Da auf dem Tisch liegt der Vertrag. Unterschreiben Sie, und die Sache ist perfekt.«

Der Seemann stampfte durchs Zimmer und ergriff die Feder. »Hier?« fragte er.

Holmes sah ihm über die Schulter und schob beide Hände plötzlich vor.

»Das genügt bereits«, sagte er.

Ich hörte ein metallisches Geräusch und dann ein Gebrüll wie von einem gereizten Stier. Im nächsten Augenblick wälzten sich die beiden auf dem Boden. Der Seemann verfügte über solche Bärenkräfte, daß er trotz der Handschellen, die Holmes ihm so überraschend angelegt hatte, nahe daran war, meinen Freund zu überwältigen, wären Hopkins und ich nicht zu Hilfe gekommen. Erst als ich ihm den Lauf des Revolvers an die Schläfe preßte, begriff er, daß Widerstand zwecklos war. Nachdem wir ihn auch an den Füßen gefesselt hatten, konnten wir zu Atem kommen.

»Ich muß Sie sehr um Entschuldigung bitten, mein lieber Hopkins«, sagte Holmes. »Ich fürchte, die Rühreier sind inzwischen kalt geworden. Hoffentlich wird der Gedanke daran, wie phantastisch Sie Ihren Fall gelöst haben, Sie darüber trösten. Lassen Sie es sich gut schmecken.«

Stanley Hopkins brachte kein Wort heraus.

»Ich weiß wirklich nicht, was ich sagen soll«, stotterte er schließlich mit rotem Kopf. »Ich glaube, ich habe mich von Anfang an lächerlich gemacht, Mr. Holmes. Jetzt weiß ich zwar wieder, ich hätte nie vergessen sollen, daß ich der Schüler bin und Sie der Meister sind. Aber sogar jetzt, wo ich doch das Resultat vor Augen habe, verstehe ich nichts.«

»Trösten Sie sich«, beschwichtigte Holmes ihn gutmütig. »Wir alle werden erst durch Erfahrung klug. Sie haben durch diesen Fall gelernt, daß man nie die Überlegung eines anderen von vornherein verwerfen soll. Sie waren von dem Jüngling Neligan so in Anspruch genommen, daß Sie nicht einmal einen Gedanken an Patrick Cairns, den wirklichen Mörder Peter Careys, verschwendeten.«

Die rauhe Stimme des Seemanns unterbrach meinen Freund. »Hören Sie, Mister«, sagte er. »Ich will mich über die Art Ihrer Behandlung ja nicht weiter beklagen, aber Sie sollten die Dinge beim rechten Namen nennen. Sie behaupten: Ich habe Peter Carey ermordet. Ich sage: Ich hab' ihn getötet, und das ist doch wohl ein kleiner Unterschied. Mag ja sein, Sie glauben mir nicht und denken, ich lüg' Ihnen was vor . . .«

»Aber nicht doch«, sagte Holmes. »Lassen Sie hören!«

»Das können Sie schnell haben, und bei Gott, es ist die Wahrheit! Ich kannte den Schwarzen Peter, das können Sie mir glauben, und nicht zu knapp. Und wie er da sein Messer zog, griff ich mir die Harpune und stieß zu. Ich hab's gewußt: ich oder du. Und dann war er tot. Meinetwegen nennen Sie's Mord. Ein Strick um den Hals macht mich genauso schnell tot wie sein Messer im Bauch.«

»Woher kannten Sie ihn denn überhaupt?«

»Das will ich Ihnen sagen, von Anfang an. Richten Sie mich nur ein bißchen auf, daß ich besser reden kann. Es war im Jahr 1883, im August. Peter Carey war Kapitän auf der Sea Unicorn, ich war Ersatz-Harpunier. Na, und wie wir damals aus dem Eis raus und auf dem Heimweg sind, da kommt uns

doch so ein kleiner Jachter entgegen. Ist vom Südwind nach Norden abgetrieben. War nur ein Mann drin, in dem Kahn, ein Städter. Die Besatzung hat sich wohl gedacht, das Schiff würd sinken und ist mit dem Beiboot zur norwegischen Küste. Würd mich nicht wundern, sie wär'n alle abgesoffen. Na, jedenfalls, wir holen den Mann an Bord, und dann palavert er die halbe Nacht mit dem Skipper, in dem seiner Kajüte. Alles, was er an Gepäck mithatte, war 'ne schmale Schachtel. Soviel ich weiß, hat keiner von uns Leuten seinen Namen je gehört, und nächste Nacht, da war er plötzlich weg, grad, als wär' er nie dagewesen. Er sei über Bord gegangen, hieß es, oder der schwere Sturm hätt' ihn vom Deck gespült. Da war nur ein Mann, der gewußt hat, was mit ihm gescheh'n war – und der Mann bin ich, denn ich hab' mit eigenen Augen gesehen, wie der Käp'tn ihn in der finsteren Nacht, zwei Tage ehe wir den Shetland-Leuchtturm sichteten, an den Beinen gepackt und über Bord geworfen hat.
Na, ich hielt erst mal das Maul und paßte auf, was noch kommen wird. Wie wir in Schottland ankamen, wurde die Sache einfach vertuscht, kein Mensch fragte was. Ein Fremder war bei 'nem Unfall umgekommen – wer will's schon wissen? Kurz darauf gab Peter Carey die See auf, und es verging 'ne Reihe von Jahren, eh' ich rauskriegte, wo er steckte. Ich dachte mir, er hätt's wegen dem, was in der Schachtel war, getan, und sagte mir, nu könnt' er mir auch was zukommen lassen, damit ich den Mund weiter halte. Von 'nem Seemann, der ihn in London gesehen hat, hört' ich, wo er jetzt lebt, und machte mich auf die Socken, um zu meinem Anteil zu kommen. Die erste Nacht, wie wir zusammen waren, da war er vernünftig und versprach mir so viel, daß ich mein Lebtag nicht mehr zur See gemußt hätte. Zwei Tage später wollten wir's perfekt machen. Als ich ankam, war er schon dreiviertel voll und in Stinklaune. Wir setzten uns dann erst mal hin, tranken ein paar zusammen und klönten. Aber je mehr er in sich reinkippte, um so weniger gefiel er mir. Ich sah dann die Harpunen an der Wand und dacht mir, viel-

leicht könnt' ich eine brauchen, eh' ich selbst hin bin. Wie ich's mir gedacht hatte: Schließlich ging er wirklich auf mich los, fluchte und tobte, 'n Messer in der Faust und Mord in den Augen. Aber er hatt's noch nicht aus der Scheide, da war ihm doch schon seine eigene Harpune durch den Leib gejagt! Herrgott, hat der geblutet! Ich seh' jetzt noch sein Gesicht im Schlaf. Da stand ich nun, und sein Blut spritzte nur so um mich rum, 's blieb aber alles ruhig draußen, und da hab' ich mir ein Herz gefaßt und hab' mich umgesehen. Und da sah ich die Schachtel auf dem Wandbrett. Na, ich hatt' ja nicht weniger Anrecht darauf wie Peter Carey, da hab' ich sie genommen und hab' gesehen, daß ich wegkam. Dabei hab' ich Narr meinen Tabaksbeutel auf dem Tisch gelassen.

Aber jetzt können Sie noch den merkwürdigsten Teil von der Sache hören: Kaum bin ich aus der Hütte, da hör' ich doch wen kommen und versteck mich unter den Büschen. Ich seh' 'nen Mann ranschleichen. Er geht in die Kajüte rein und schreit dann los, als hätt' er 'nen Geist vor sich. Und dann rennt er, so schnell ihn seine Beine tragen, bis er mir aus der Sicht ist. Wer der Kerl war oder was er gewollt hat, kann ich nicht sagen. Ich selber bin in der Nacht zehn Meilen gegangen, hab' den Zug in Tunbridge Wells genommen und kam in London an, ohne daß wer was gemerkt hat.

Na, und wie ich mir dann die Schachtel vornehm, find' ich kein Geld drin, nur so Papierkrams, was ich doch nicht absetzen kann. Wär's mir zu gefährlich. Vom Schwarzen Peter konnt' ich ja nichts mehr erwarten, und da saß ich hier in London auf dem trockenen, nicht einen Shilling in der Tasche. Was sollt' ich schon tun, ich mußte wieder anheuern. Und da las ich dann in der Zeitung das über die gesuchten Harpuniere und den hohen Lohn, und da machte ich mich zu der Schiffsagentur auf. Die schickten mich her. Das ist nun alles, was ich weiß, und das sag' ich noch mal: Wenn ich den Schwarzen Peter auch getötet hab', so kann das Hohe Gericht mir nur dankbar sein, ich hab' ihm das Geld für 'nen Strick erspart.«

»Wirklich, ein aufschlußreicher Bericht«, sagte Holmes und stand auf, um sich seine Pfeife anzuzünden. »Ich glaube, Hopkins, Sie sollten keine Zeit verlieren und Ihren Gefangenen in sicheren Gewahrsam bringen. Unser Zimmer ist als Zelle nicht gerade geeignet, und Mr. Patrick Cairns nimmt uns zuviel vom Teppich weg.«

»Mr. Holmes, ich weiß gar nicht, wie ich Ihnen danken soll. Aber sogar jetzt verstehe ich nicht, wie Sie das alles herausgefunden haben.«

»Mein lieber Hopkins, erinnern Sie sich, wie ich sagte, Fortuna sei uns freundlich gesinnt? Nun, ich hatte von Anfang an das Glück, der richtigen Fährte zu folgen. Es ist durchaus möglich, daß mich zuerst das Wissen um dieses Notizbuch genauso in die Irre geführt hätte wie Sie. Aber alles, was ich ermittelte, deutete in eine Richtung: die ungeheure Kraft des Mörders, seine Fertigkeit mit der Harpune, der Rum, der Tabaksbeutel aus Seehundsfell mit dem starken Kraut – das wies auf einen Seemann, und zwar auf einen Walfänger. Außerdem war ich bald überzeugt, daß die Buchstaben P. C. in dem Beutel nur zufällig mit den Initialen Peter Careys übereinstimmten, da er ja nur selten rauchte und man keine Pfeife in seiner Kajüte gefunden hatte. Erinnern Sie sich noch, daß ich fragte, ob noch andere alkoholische Getränke vorhanden gewesen seien? Sie nannten Whisky und Brandy. Nun, was meinen Sie wohl, wie viele Landbewohner würden wohl Rum trinken, wenn ihnen Schnaps und Whisky zur Verfügung standen? Also: Es mußte ein Seemann gewesen sein.«

»Aber wie haben Sie ihn gefunden?«

»Mein lieber Freund, das war kein Problem. Es konnte nur einer sein, der mit Peter Carey zusammen auf der SEA UNICORN gedient hatte. Soweit mir bekannt war, ist er auf keinem anderen Schiff gefahren. Ich wandte drei Tage daran, mich in Dundee zu erkundigen, und nach dieser Wartezeit hatte ich die Liste mit den Namen der Besatzung aus dem Jahre 1883. Als ich dann Patrick Cairns unter den Harpunierern feststellte, waren meine Nachforschungen schon fast beendet. Ich versetzte mich in seine Lage und dachte mir, der Mann müßte sich jetzt in London aufhalten und würde sicher für einige Zeit außer Landes gehen. So verbrachte ich ein paar Tage im East End, gab vor, eine Forschungsexpedition in die Arktis vorzubereiten, und bot Harpunierern, die unter Kapitän Basil dienen wollten, günstige Bedingungen – na, das Resultat meiner Aktion haben Sie ja gesehen.«

»Phantastisch, Sir!« stöhnte Hopkins neiderfüllt. »Einfach wunderbar.«

»Sehen Sie zu, daß Sie den jungen Neligan so bald wie möglich freibekommen«, sagte Holmes. »Ich glaube, Sie müssen ihm einiges abbitten. Die Schachtel sollte ihm auch übergeben werden; wenn auch die Aktien, die Peter Carey bereits verkauft hat, endgültig verloren sind. Da ist schon der Wagen, Hopkins. Sie können Ihren Mann wegbringen. Noch eins: Sollten Sie mich bei der Gerichtsverhandlung brauchen – Dr. Watson und ich werden irgendwo in Norwegen sein. Die genaue Adresse lasse ich Ihnen noch zukommen.«

Der abgerissene Zettel

Am 14. April 1887 erhielt ich aus Lyon ein Telegramm mit der Nachricht, daß mein Freund Sherlock Holmes krank, mit zerrütteten Nerven, im Dulonghospital liege. Innerhalb von vierundzwanzig Stunden war ich dort und recht erleichtert, keinerlei schlimme oder bedenkliche Symptome bei ihm festzustellen. Allerdings ließ sich nicht leugnen, daß er infolge der ungeheuren vorausgegangenen Anstrengungen diesmal einen Zusammenbruch erlitten hatte. Zwei volle Monate nämlich dauerte seine Untersuchung in der großen Holland-Sumatra-Strafsache, während derer dieser erfahrene Detektiv seine Kräfte bis zur Neige verausgabte. Denn er arbeitete täglich mindestens fünfzehn Stunden; ja, streckenweise mußte er fünf Tage und Nächte hintereinander fortwährend auf dem Posten bleiben bis zur endgültigen Entlarvung des Barons Maupertius, jenes internationalen Schwindlers und Gauners.

Der triumphale Ausgang konnte nach solcher Überbelastung seiner Mühen den Breakdown bei Holmes nicht länger aufhalten. Zu einer Zeit, da sein Name in aller Munde war und man in seinem Zimmer durch die Glückwunschtelegramme aus aller Welt buchstäblich watete, fiel er der finstersten Depression zum Opfer. Und selbst das Bewußtsein seines persönlichen Erfolges in einem Fall, an dem die Polizei dreier Länder gescheitert war, vermochte ihn nicht aus der Niedergeschlagenheit aufzurütteln. Als ich Sherlock im Krankenhaus wiedersah, ging es ihm jedoch schon bedeutend besser; und bereits drei Tage später waren wir wieder miteinander in der Baker Street. Freilich zeigte sich dort, daß meinem Freund eine erholsame Luftveränderung dringend not tat. Auch für mich war der Gedanke an eine Woche Frühling auf dem Lande recht verlockend. Mein alter Kamerad, Oberst Hayter, den ich vor vielen Jahren in Afghanistan ärztlich betreute, hatte kürzlich ein Haus bei Reigate in Surrey gepachtet und mich wiederholt aufgefordert, ihn dort zu besuchen. Und wenn mein Freund sich entschließen könne, mitzufahren, so sei der ihm gleichfalls herzlich willkommen, fügte er seiner letzten Einladung hinzu. Ein wenig Diplomatie mußte ich schon anwenden. Doch als ich Sherlock begreiflich machte, es handle sich um einen Junggesellenhaushalt, wo er völlig ungestört seine Freiheit genießen werde, stimmte er meinem Plan zu. Nach der Rückkehr aus Lyon war noch keine Woche verstrichen, da fanden wir uns bereits als Gäste bei dem Obersten ein.

Hayter war ein braver alter Soldat, der viel von der Welt gesehen hatte. Und bald stellte sich – was ich ohnehin nie bezweifelt hatte – heraus, daß Holmes und er sich blendend verstanden. Am Tag unserer Ankunft saßen wir nach dem Abendessen noch im Gewehrzimmer des Obersten. Holmes streckte sich auf dem Sofa aus, während Hayter und ich noch die kleine Waffensammlung betrachteten.

»Übrigens«, flocht er unvermittelt in unser Gespräch ein, »werde ich eine dieser Flinten mit nach oben nehmen. Für denn Fall, daß es Alarm gibt.«

»Wieso denn Alarm?«

»Ja, wir hatten unlängst eine ganz schöne Geschichte hier in der Gegend. Beim alten Acton, einem unserer Magnaten, ist eingebrochen worden. Großen Schaden haben sie ja nicht angerichtet, aber sie laufen immer noch frei herum, die Burschen.«

»Hat man denn keine Spur?« ließ sich Holmes von seinem Lager her vernehmen, indem er dem Obersten aufmunternd zuzwinkerte.

»Bis jetzt nicht. Aber die Sache scheint mir weiter nicht von Bedeutung, so eine Wald- und Wiesengaunerei, wie sie hier immer mal wieder vorkommt; zu geringfügig, Mr. Holmes, um Ihr Interesse erregen zu können, nach Ihrem letzten großen Coup, der die ganze Welt anging.«

Mit einer kleinen herablassenden Geste wies Holmes das Kompliment von sich, doch der Anflug eines Lächelns zeigte, daß er sich ein bißchen geschmeichelt fühlte.

»Keine charakteristischen Merkmale?« fragte er weiter.

»Nicht daß ich wüßte. Die Diebe haben die Bibliothek durchstöbert und für ihre Mühen sehr wenig davongetragen. Der ganze Raum war um und um gestülpt. Man fand Schubladen aufgebrochen und Truhen durchwühlt, wobei irgendeine ausgefallene Ausgabe von Popes Homerübersetzung, zwei Kerzenstümpfchen, ein elfenbeinerner Briefbeschwerer, ein kleines Barometer aus Eichenholz und eine Rolle Bindfaden abhanden gekommen waren. Sonst nichts.«

»Was für ein merkwürdiges Sammelsurium!« konnte ich mich nicht enthalten auszurufen.

»Ach, die Kerle haben offenbar einfach mitgehen lassen, was ihnen gerade so in die Hände fiel.«

Man hörte ein Grunzen vom Sofa her.

»Die Landpolizei müßte damit schon etwas anfangen können«, bemerkte Holmes. »Also, ganz sicher ist eins . . .«

Da hob ich warnend den Zeigefinger.

»Sie sind hier, um sich auszuruhen und um sich zu erholen, mein Bester«, unterbrach ich ihn. »Lassen Sie sich um Himmels willen jetzt nicht von einer neuen Sache einfangen!«

Mit einem Blick komischer Resignation zum Obersten hin zuckte Holmes die Achseln. Und die Unterhaltung glitt in weniger gefahrvolle Bahnen.

Es schien jedoch vorausbestimmt, daß ich all meine berufliche Vorsicht vergebens anwenden sollte. Denn schon am nächsten Morgen kam diese verteufelte Einbruchsgeschichte wieder aufs Tapet und riß uns so unmittelbar in ihren Fragenbereich, daß wir sie nicht mehr außer acht lassen konnten. Und damit nahm unser ländliches Idyll eine gänzlich unvorhergesehene Wendung. Wir saßen eben beim

Frühstück, als der Butler ganz außer sich zu uns hereinstürzte.

»Haben Sie das Neueste schon gehört, Sir?« stieß er schweratmend hervor. »Drüben bei den Cunninghams, Sir!«

»Wurde eingebrochen?« rief der Oberst, als er gerade seine Kaffeetasse zum Munde führen wollte.

»Mord!«

Der Oberst pfiff durch die Zähne. »Himmel! Wen haben sie denn umgebracht, den Alten oder seinen Sohn?«

»Keinen von beiden, Sir – William, den Kutscher. Herzschuß, Sir. Er war sofort stumm.«

»Und wer hat ihn erschossen?«

»Der Einbrecher, Sir. Und wie der Blitz war er wieder auf und davon. Er schlüpfte zum Speisekammerfenster rein. William überraschte ihn und fand den Tod, als er das Eigentum seines Herrn rettete.«

»Und wann war das?«

»Vergangene Nacht, ungefähr um 12 Uhr, Sir.«

»Na, wir werden nachher gleich hinübergehen«, sagte der Oberst und machte sich wieder an sein Frühstück. »So eine ärgerliche Geschichte«, fügte er hinzu, als der Butler gegangen war. »Ist der Erste von allen Squires hier, der alte Cunningham, und ein hochanständiger Mensch obendrein. Er wird sehr niedergeschlagen sein, denn der Kutscher stand seit Jahren in seinen Diensten und war ein treuer Kerl. Anscheinend handelt es sich um dieselben Schufte, die neulich bei Acton eingebrochen haben.«

»Und die diese sonderbare Sammlung gestohlen haben?« fragte Holmes nachdenklich.

»Genau.«

»Hm! Vielleicht hat das die einfältigsten Zusammenhänge. Wie auch immer: Auf Anhieb wirkt das Ganze ein bißchen komisch, oder nicht? Von einer Einbrecherbande, hier auf dem Land, sollte man eigentlich erwarten, daß sie den Schauplatz ihrer Unternehmungen wechselt, nicht, daß sie zwei Dinger in ein und demselben Bezirk dreht, und dies innerhalb weniger Tage. Als Sie gestern abend davon sprachen, man müsse auf der Hut sein, wollte es mir gar nicht recht in den Schädel, daß ein Dieb ausgerechnet dieser entlegenen Gemeinde hier ernstlich seine Aufmerksamkeit zuwenden sollte. So kann man sich täuschen! Und daraus geht wieder einmal hervor, wieviel ich noch zu lernen habe.«

»Ich schätze, es ist ein Ortsansässiger, zumindest einer, der sich hier herum gut auskennt. Verständlich, daß er Acton und Cunningham beehrt, denn das sind die weitaus größten Grundstücke in der Gegend.«

»Und ihre Besitzer auch die reichsten?«

»Das müßten sie eigentlich sein, aber sie haben seit einigen Jahren einen Prozeß laufen, der allen beiden, wie ich annehme, das Blut aus den Adern saugt. Der alte Acton hat noch irgendwelchen Anspruch auf einen Teil des Cunninghamschen Besitzes. Und die beiden Rechtsanwälte haben bei dem Streit ihren Schnitt gemacht.«

»Wenn das so ein kleiner Lokalverbrecher ist, dann dürfte es doch weiter nicht schwer sein, ihn zu erwischen«, brummte Holmes gähnend. »Schon gut, Watson, ich mische mich nicht ein.«

»Inspektor Forrester, Sir!« meldete der Butler und ließ einen eleganten, klug aussehenden jungen Mann eintreten.

»Guten Morgen, Oberst!« wandte dieser sich sofort an unseren Gastgeber. »Hoffentlich störe ich nicht. Aber wir hörten, daß Mr. Holmes aus der Baker Street in London sich bei Ihnen aufhält.«

Mit vorstellender Geste wies der Oberst auf meinen Freund, und der Inspektor verbeugte sich.

»Wir dachten, Sie würden sich das da drüben vielleicht einmal anschauen wollen, Mr. Holmes«, meinte der Inspektor, und es klang wie eine Bitte.

»Das Schicksal ist gegen Sie, Watson«, entschied mein Patient. »Wir redeten gerade über die Angelegenheit, bevor Sie kamen, Herr Inspektor. Vielleicht erzählen Sie uns einmal, wie weit sie bisher gediehen ist.« Er hatte bereits in seinem

Sessel die mir so vertraute Haltung eingenommen, und ich ließ all meine Hoffnung fahren.

»Als der Diebstahl bei Acton sich neulich ereignete, hatten wir keinerlei Anhaltspunkte. Diesmal gibt's jedoch eine Menge Greifbares, von dem wir ausgehen können. Vor allem besteht wohl kein Zweifel, daß es sich bei den Vorkommnissen um denselben Täter handelt. Der Mann wurde sogar gesehen . . .«

»Ach wirklich?«

»Ja, Sir. Nach dem Schuß allerdings, den er auf den armen William Kirwan abfeuerte, ist er sofort entwischt. Mr. Cunningham hat ihn vom Schlafzimmerfenster aus erspäht, als er auf die Landstraße hinauslief. Und Mr. Alec stand gerade am rückwärtigen Ausgang, als er den Schurken türmen sah. Um Viertel vor zwölf etwa muß der böse Spuk begonnen haben. Der alte Herr war gerade zu Bett gegangen, und Mr. Alec rauchte im Schlafrock noch eine Pfeife. Beide hörten sie den Kutscher um Hilfe rufen, und der junge Cunningham lief eilends die Treppe hinunter, um nachzusehen, was dem Diener zugestoßen sei. Die Hintertür stand offen, und als er unten anlangte, erblickte er draußen zwei Männer, die miteinander rangen. Einer von ihnen gab einen Schuß ab. Der andere stürzte zu Boden. Der Mörder rannte durch den Garten und schwang sich über die Hecke. Mr. Alec blieb bei dem Verwundeten, um zu prüfen, ob er noch Hilfe bringen könne, während der Kerl sich aus dem Staube machte. Abgesehen davon, daß er mittelgroß und dunkel gekleidet war, haben wir keine Kennzeichen. Aber wir sind energisch hinter ihm her. Auch wenn er ein Fremder sein sollte, kriegen wir ihn nicht weniger schnell!«

»Wie verhielt sich dieser William Kirwan? Sprach er?«

»Kein Wort; er war sofort tot . . . Er hat mit seiner Mutter zusammen im Gartenhaus gelebt. Und da er immer ein treuer Diener gewesen, nehmen wir an, er ging ins Herrschaftshaus hinüber, um nachzusehen, ob dort alles in Ordnung sei. Natürlich bewirkte diese Acton-Affäre von neulich, daß alle Welt jetzt auf der Hut ist. Die Räuber hatten sich, so scheint es, gewaltsam Eintritt verschafft oder, genauer gesagt, das Schloß aufgebrochen, als William sie auf frischer Tat ertappte.«

»Sagte William etwas zu seiner Mutter, bevor er ging?«

»Sie ist sehr alt und taub obendrein. Sie konnte uns keine Auskunft geben. Der Schrecken hat sie auch halb verrückt gemacht. Und es heißt, sie sei schon vorher nie ganz richtig im Kopf gewesen ... Doch da ist noch ein sehr wichtiger Umstand. Wollen Sie sich das hier einmal anschauen?«

Er entnahm seinem Notizbuch einen Papierfetzen und glättete ihn über seinem Knie.

»Man hat es zwischen Daumen und Zeigefinger des Toten gefunden. Es scheint ein beschriebener Zettel zu sein, von dem der größere Teil abgerissen wurde. Sicher ist Ihnen aufgefallen, daß die darauf erwähnte Stunde genau der entspricht, in welcher den armen Kerl sein Schicksal ereilte. Daraus geht möglicherweise hervor, daß der Mörder das übrige Papier abgerissen hat, oder umgekehrt, daß der Kutscher seinem Angreifer das Blatt abnehmen wollte. Der Text läßt sogar darauf schließen, daß es sich um eine Verabredung handelte.«

Holmes nahm das Papierstückchen, dessen Faksimile hier wiedergegeben ist.

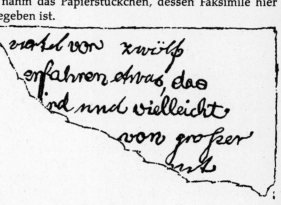

»Wenn es sich so verhält, dann wäre natürlich die Theorie einleuchtend, daß dieser William Kirwan mit dem Dieb unter einer Decke steckte – was freilich im Widerspruch zu seinem guten Ruf steht. Hat er nun aber tatsächlich seinen Spießgesellen hier getroffen, ihm vielleicht sogar geholfen, die Tür aufzubrechen – und sind sie sich dann in die Haare geraten . . .«

»Diese Handschrift ist außerordentlich interessant«, unterbrach Holmes die Ausführungen des Polizeibeamten und betrachtete mit äußerster Konzentration die geschriebenen Worte. »Da steckt viel mehr dahinter, als ich gedacht hätte.« Er legte den Kopf in die Hände, und der Inspektor verfolgte mit stolzem Lächeln die Wirkung, die sein Fall auf den berühmten Londoner Spezialisten ausübte.

»Ihre letzte Bemerkung«, sagte Holmes dann plötzlich, »daß Einbrecher und Diener vielleicht gemeinsame Sache machten und daß dem einen von dem anderen eine Verabredungsnachricht zugesandt wurde, ist nicht ausgeschlossen. Aber diese Handschrift weist darauf hin . . .« Und wieder senkte mein Freund die Stirn auf seine Hände herab. So verharrte er einige Minuten in tiefem Nachdenken. Als er das Gesicht wieder hob, entdeckte ich voller Staunen, daß seine Wangen sich gerötet hatten und seine Augen hell leuchteten, wie vor seiner Krankheit. Mit alter Energie sprang er auf die Füße.

»Ich will Ihnen etwas sagen!« rief er. »Ich hätte gern mehr Einblick in diese Sache. Da ist so manches dran, was mich außerordentlich fesselt. Wenn Sie erlauben, Oberst, werde ich Sie und meinen Betreuer Watson jetzt verlassen und mit dem Inspektor ein wenig umherschauen, um die Richtigkeit zweier oder dreier kleiner Einfälle, die ich soeben hatte, nachzuprüfen. In einer halben Stunde bin ich aber wieder bei Ihnen.«

Es waren mindestens eineinhalb Stunden vergangen, als der Inspektor allein zurückkehrte.

»Mr. Holmes geht draußen im Feld auf und ab«, meldete er. »Und er bittet, daß wir jetzt alle zum Haus hinübergehen.«

»Zu den Cunninghams?«

»Ja, Sir.«

»Wozu denn das?«

Der Inspektor zuckte die Achseln. »Ich weiß nicht, Sir. Unter uns gesagt, ich glaube, Mr. Holmes hat seine Krankheit noch nicht recht überwunden. Er benahm sich die ganze Zeit sehr eigentümlich, und ziemlich aufgeregt ist er auch.«

»Ich denke nicht, daß Sie sich zu beunruhigen brauchen«, wandte ich ein. »Im allgemeinen wurde ich immer dahingehend belehrt, daß Methode in seinem Wahnsinn war.«

»Manch einer würde auch sagen, daß in seiner Methode Wahnsinn ist«, murmelte der Inspektor. »Aber er brennt darauf, daß wir gleich kommen. Darum wollen wir sofort aufbrechen, Herr Oberst, wenn Sie nichts dagegen haben.«

Wir begegneten Holmes, wie er mit gesenktem Kopf im Akkerland umherspazierte. Die Hände hatte er in den Hosentaschen vergraben.

»Die Sache nimmt Gestalt an«, begrüßte er uns. »Watson, Ihre Fahrt ins Grüne zeitigt unleugbaren Erfolg. Ich habe einen wunderschönen Vormittag verbracht.«

»Vermutlich waren Sie drüben, den Schauplatz des Verbrechens zu besichtigen?« erkundigte sich der Oberst.

»Ja, der Inspektor und ich haben eine ganz hübsche kleine Entdeckungsreise miteinander gemacht.«

»Mit Erfolg?«

»Oh, gewiß; zumindest haben wir einiges Aufschlußreiche gesehen. Wenn wir jetzt gemeinsam ein Stückchen spazierengehen, erzähle ich Ihnen der Reihe nach, was wir taten ... Als erstes haben wir uns die Leiche des Unglücklichen angesehen. Er starb tatsächlich an einem Revolverschuß, genau wie uns berichtet wurde.«

»Ja, zweifelten Sie denn daran?«

»Ach, es ist schon gut, wenn man alles richtig nachprüft. Unsere Nachforschungen waren bestimmt keine Zeitverschwendung. Wir hatten dann noch ein Interview mit Mr. Cunningham und seinem Sohn. Sie bezeichneten uns genau die Stelle, wo der Mörder durch die Hecke geschlüpft ist. Das war auch ein sehr wesentlicher Punkt.«

»Natürlich.«

»Dann wollten wir uns die Mutter des armen Burschen noch vorknöpfen. Es war indessen nichts aus ihr herauszuholen, weil sie sehr alt und schwach ist.«

»Und worin besteht das eigentliche Ergebnis Ihrer Untersuchungen?«

»In der Überzeugung, daß dies ein Verbrechen ganz besonderer Art ist. Vielleicht wird unser gemeinsamer Besuch das Dunkel noch etwas aufhellen. Nicht wahr, Inspektor, wir stimmten doch beide darin überein: Das abgerissene kleine beschriebene Papier in der Hand des Toten, auf dem seine genaue Sterbestunde vermerkt wurde, ist von äußerster Wichtigkeit?«

»Es könnte ein Beweisstück sein, Mr. Holmes.«

»Es ist eines. Wer auch immer diese Notiz geschrieben hat, er war es, der William Kirwan zu solch ungewöhnlicher Stunde aus dem Bett holte. Wo aber befindet sich der übrige Zettel?«

»Ich habe das Gelände sorgfältig danach durchsucht«, antwortete der Inspektor.

»Das Papier wurde dem Toten aus der Hand gerissen. Warum war der Täter so darauf versessen? Weil es Belastungsmaterial darstellt. Und was wird er damit getan haben? Höchstwahrscheinlich stopfte er es in seine Tasche, ohne zu merken, daß eine Ecke davon zwischen den Fingern der Leiche haftenblieb. Wenn wir nun das betreffende Blatt finden, so sind wir damit doch offenkundig ein erhebliches Stück weiter.«

»Das schon; nur, wie können wir an die Tasche des Verbrechers heran, ohne ihn selbst zu haben?«

»Sicher, sicher, aber das mußte überdacht werden. Da ist allerdings noch ein weiterer wichtiger Faktor. Die Nachricht wurde an William geschickt. Der Mann, der sie schrieb, wird sie ihm kaum wieder abgenommen haben, denn dann hätte er seine Mitteilung auch mündlich machen können. Wer war es, der den Zettel überbrachte? Oder ist er mit der Post gekommen?«

»Ich habe nachgeforscht«, berichtete der Inspektor. »William erhielt gestern mit der Nachmittagspost einen Brief. Den Umschlag hat er vernichtet.«

»Ausgezeichnet!« rief Holmes und schlug dem Inspektor auf die Schulter. »Sie haben den Postboten gesprochen. Es ist ein Vergnügen, mit Ihnen zu arbeiten. – So, hier sind wir bereits bei der Villa angelangt. Und wenn Sie mich dorthin begleiten wollen, Herr Oberst, dann werde ich Ihnen den Schauplatz des Verbrechens zeigen.«

Wir gingen an dem hübschen Gartenhaus, wo der Ermordete gelebt hatte, vorbei und dann durch die Eichenallee zu dem prächtigen alten Landsitz im Queen-Anne-Stil. Über dem Eingang war 1709, das Datum des Sieges von Malplaquet, eingraviert. Holmes und der Inspektor führten uns um das Haus herum, bis wir zu dem Seitentor kamen, nicht weit von jener Hecke entfernt, die eine Abgrenzung des Gartens zur Landstraße hin bildete. An der Küchentür stand ein Polizist.

»Wollen Sie bitte öffnen!« befahl ihm Holmes. »Von diesen Stufen aus also, wo wir jetzt stehen, müßte der junge Mr. Cunningham gesehen haben, wie die beiden Männer miteinander rangen. Der alte Herr befand sich an einem der Fenster über uns – dem zweiten von links, wenn ich nicht irre – und war Zeuge, wie der Bursche links an diesem Busch vorbei davonrannte. Dann lief Mr. Alec hinaus und kniete bei dem Verwundeten nieder. Der Boden ist, wie Sie sehen, sehr hart, und wir haben daher keine Fußabdrücke, nach denen wir uns richten könnten.«

Während er sprach, kamen zwei Männer um die Ecke des Hauses auf uns zu. Der eine, ein älterer Mann, hatte ein starkknochiges, zerfurchtes Gesicht und hervorquellende

Augen; der andere war ein forscher Jüngling, dessen strahlend fröhlicher Ausdruck und heller auffallender Anzug in schlechtem Einklang mit dem Geschäft standen, das uns zusammenrief.

»Aha, Sie sind immer noch am Werk!« rief er Holmes spöttisch zu. »Ich dachte, ihr Londoner seid immer so hurtig bei der Hand und irrt euch nie? So rasch scheint es bei Ihnen also doch nicht zu gehen!«

»Na, ein bißchen Zeit müssen Sie uns schon lassen!« gab Holmes gut gelaunt zurück.

»Die werden Sie auch brauchen«, fuhr der junge Cunningham fort. »Bis jetzt scheinen wir ja noch gar keinen Anhaltspunkt zu haben.«

»Nur einen einzigen«, widersprach der Inspektor sanft. »Wir dachten eben, wenn wir nur – ach, du meine Güte! Mr. Holmes, was ist Ihnen?«

Die Gesichtszüge meines Freundes hatten sich mit einem Schlag gräßlich verzerrt. Seine Augäpfel rollten nach oben, die Pupillen glitten unter die Lider, so daß fast nur noch Weißes sichtbar war. Und mit gepreßtem Stöhnen fiel er vornüber auf die Erde. Zutiefst erschrocken über diesen schweren Anfall aus heiterem Himmel, trugen wir ihn in die Küche, wo er sich in einem breiten, bequemen Sessel zurücklehnte und mehrere Minuten lang nur schwer atmete. Schließlich erhob er sich wieder mit einem Ruck und stammelte beschämt eine Entschuldigung.

»Watson wird Ihnen vielleicht gesagt haben, daß ich vor kurzem erst von schwerer Krankheit genesen bin«, erklärte er. »Derartige nervöse Störungen befallen mich bisweilen noch.«

»Soll ich Sie in meinem Einspänner nach Hause bringen?« erbot sich der alte Cunningham.

»Vielen Dank! Da ich nun schon einmal hier bin, möchte ich zumindest noch über einen Punkt Klarheit gewinnen. Das wird ganz einfach sein.«

»Und um was geht es?«

»Nun, mir ist, als habe dieser arme Kutscher das Haus nicht *vor*, sondern *nach* dem Einbrecher betreten, während Sie es für erwiesen halten, der Räuber sei überhaupt nicht in das Haus eingedrungen. Dabei wurde doch die Tür gewaltsam geöffnet.«

»Trotzdem glaube ich, daß es so gewesen ist«, beharrte Mr. Cunningham senior auf seinem Standpunkt. »Denn mein Sohn Alec war noch nicht zu Bett gegangen und hätte bestimmt gehört, wenn jemand dagewesen wäre.«

»Wo hat Ihr Sohn gesessen?«

»Ich rauchte in meinem Ankleidezimmer«, erklärte Mr. Alec.

»Welches Fenster ist das?«

»Das letzte links, neben dem meines Vaters.«

»Sie hatten sicher beide Lampen brennen?«

»Natürlich.«

»Da ist Verschiedenes, was nicht zueinander paßt«, meinte Holmes lächelnd. »Finden Sie es nicht eigentümlich, daß unser Einbrecher – der doch schon über einige Erfahrung verfügte – in ein Haus eingebrochen sein soll, bei dem er von außen schon an den erleuchteten Fenstern sah, daß mindestens zwei der Bewohner nicht schliefen?«

»Er war eben kaltblütig«, brummte der Alte.

»Gewiß, wäre der Fall nicht höchst merkwürdig, so hätten wir Sie kaum zu seiner Aufklärung herangezogen«, argumentierte Mr. Alec. »Was indessen Ihre Mutmaßung angeht, der Mann könne das Haus ausgeräubert haben, ehe William ihn ertappte, so halte ich sie für ganz und gar abwegig. Wir müßten doch irgendwelche Unordnung vorgefunden und die Dinge vermißt haben!«

»Das hängt davon ab, was für Dinge es waren«, entgegnete Holmes. »Sie müssen bedenken, wir haben es hier mit einem Einbrecher zu tun, der nicht nur ein abgefeimter Schurke, sondern auch ein seltsamer Kauz ist, der seine höchst persönlichen Richtlinien verfolgt. Denken Sie nur an die komische Sammlung, die er sich bei Acton geholt hat. Was war es noch? Eine Schnur, ein Briefbeschwerer und weiß der Teufel welches dumme Zeug!«

»Nun, wie Sie meinen. Wir geben uns ganz in Ihre Hände, Mr. Holmes«, sagte der alte Cunningham, »und werden alles tun, was Sie und der Inspektor vorschlagen.«

»Da möchte ich Ihnen gleich an erster Stelle vorschlagen, eine Belohnung auszusetzen – aus Ihrer Tasche, versteht sich. Es dauert ja immer eine Weile, bis die dienstlichen Stellen sich über die Summe geeinigt haben. Und solche Angelegenheiten können nie früh genug erledigt werden. Ich habe das Formular schon ausgefüllt, Sie brauchen nur noch Ihren Namen darunterzusetzen, wenn es Ihnen so recht ist. Fünfzig Pfund, schätze ich, werden ausreichen.«

»Mit Vergnügen gebe ich auch fünfhundert«, sagte der Alte und nahm das Schriftstück aus Holmes' Händen entgegen. »Hier stimmt aber etwas nicht«, beanstandete er dann und starrte auf das Dokument.

»Ich war sehr in Eile, als ich es abfaßte.«

»Da, schauen Sie, es beginnt: ›In der Nacht von Montag auf Dienstag um drei Viertel ein Uhr wurde der Versuch‹ . . . und so weiter. In Wirklichkeit war es ja um drei Viertel zwölf!«

Es berührte mich schmerzlich, daß meinem Freund ein solcher Fehler unterlaufen war. Denn ich wußte, wie peinlich ihm derlei Schnitzer waren. Sie kamen übrigens höchst selten vor, da er sich immer jede Einzelheit haargenau merkte; ein hervorragendes Gedächtnis gehörte zu seinen Spezialitäten. Aber offenbar hatte die schwere Krankheit seinen Denkapparat erschüttert. Und dieser kleine Zwischenfall belehrte mich darüber, daß er längst noch nicht wieder er selbst war. Er schien im Augenblick auch etwas verwirrt, um so mehr, als der Inspektor die Brauen hochzog und Alec Cunningham in hämisches Gelächter ausbrach. Der alte Herr jedoch verbesserte den Fehler und gab Holmes das Papier zurück.

»Lassen Sie es so bald wie möglich drucken«, forderte er

meinen Freund auf. »Ich halte diesen Einfall für ausgezeichnet.«

Holmes legte das Papier sorgfältig in sein Taschenbuch und steckte dieses dann ein.

»So, und nun wäre es ratsam«, sagte er, »wenn wir durch das Haus gingen, um uns zu vergewissern, daß dieser ziemlich unberechenbare Einbrecher wirklich nichts mitgenommen hat.«

Ehe wir eintraten, untersuchte er genauestens die aufgesprengte Tür. Es trat klar zutage, daß jemand mit einem Meißel oder einem kräftigen Messer hineingestoßen und damit den Schnapper des Schlosses zurückgedrückt hatte. Man sah die tiefen Schrammen im Holz ganz deutlich.

»Riegel verwenden Sie also nicht?« erkundigte er sich sachlich.

»Nein; wir haben es nie für nötig befunden.«

»Sie halten auch keinen Hund?«

»Doch; der liegt auf der anderen Seite des Hauses an der Kette.«

»Wann geht die Dienerschaft schlafen?«

»Etwa um zehn Uhr.«

»William war also um diese Zeit meistens auch schon im Bett?«

»Ja.«

»Wie seltsam, daß er in dieser Nacht gerade noch auf war! – Es wäre jetzt sehr freundlich von Ihnen, wenn Sie uns durch das Haus führen wollen, Mr. Cunningham.«

Über den mit Steinfliesen belegten Flur, von dem die Küchenräume abzweigten, und eine hölzerne Treppe gelangten wir in den ersten Stock auf einen geräumigen Flur. Auf der gegenüberliegenden Seite führte eine breitere und mit geschnitztem Geländer versehene Treppe aus der Halle herauf. Hier befanden sich ein Salon und etliche Schlafzimmer, auch das von Mr. Cunningham und seinem Sohn. Holmes schritt langsam weiter, indem er angelegentlich die Innenarchitektur des Gebäudes betrachtete. Seine Gesichtszüge verrieten mir, daß er eine frische Fährte witterte. Und doch konnte ich mir nicht im geringsten zusammenreimen, wohin diese ihn leitete.

»Mein Bester«, drängte Mr. Cunningham ihn einigermaßen ungeduldig. »Das alles ist doch völlig unnötig. Hier, unmittelbar an der Treppe, liegt mein Zimmer und daneben das meines Sohnes. Ich überlasse Ihrem eigenen Urteil, ob es möglich war, daß der Dieb hier heraufkam, ohne daß wir etwas davon merkten?«

»Sie müssen es anders anstellen, eine Spur zu finden«, bestärkte der Sohn mit etwas boshaftem Lächeln den Vater.

»Und ich muß Sie bitten, Ihren Spott für später aufzuheben. Jetzt möchte ich nämlich zum Beispiel gern sehen, wie viele Schlafzimmerfenster auf der Vorderseite des Hauses liegen. Dies also ist der Raum Ihres Sohnes« – Sherlock Holmes stieß die Tür auf und durchmaß mit eiligen Schritten den Raum –, »und hier, nehme ich an, befindet sich das Ankleidezimmer, in dem er saß und rauchte, als er befremdende Geräusche hörte. Wohin sieht man aus diesem Fenster?« Mein Freund wanderte unermüdlich umher, während er sprach, riß Fenster und Türen auf und musterte alles mit kritischen Blicken.

»Na, hoffentlich sind Sie jetzt zufrieden?« fragte der Alte griesgrämig.

»Danke sehr. Ich glaube nun alles gesehen zu haben, was ich sehen wollte.«

»Dann können wir, sofern es wirklich notwendig ist, ja auch noch in meine Stube gehen.«

»Ich bitte darum, wenn es nicht zuviel Mühe macht.«

Achselzuckend schritt uns der alte Herr voran in sein Schlafzimmer, einen anspruchslosen Raum, mit schlichten, wurmstichigen Möbeln. Als wir uns dem Fenster näherten, blieb Holmes zurück, bis er und ich die letzten der Gruppe waren. Am Fußende des Bettes befand sich ein viereckiges Tischchen, auf dem eine Karaffe Wasser und eine Schale mit Orangen standen. Im Vorbeigehen schob sich mein Freund zu meinem unaussprechlichen Erstaunen rasch vor mich und gab dem wackeligen Möbel einen Schubs, so daß es umfiel und alles durcheinanderpurzelte. Das Glas zerbrach in tausend Scherben, und die Früchte kollerten in sämtliche Ekken.

»Diesmal sind Sie der Übeltäter, Watson«, behauptete Holmes mit kühler Gelassenheit. »Da haben Sie ja eine schöne Bescherung angerichtet!«

Verlegen bückte ich mich und begann das Obst aufzuklauben, denn so viel hatte ich begriffen, mein Freund wollte aus irgendeinem undurchsichtigen Grunde, daß ich die Schuld auf mich nahm. Auch die anderen machten sich daran, Scherben aufzulesen, und stellten den Tisch wieder an seinen Platz.

»Nanu!« rief der Inspektor auf einmal. »Wo steckt er denn jetzt wieder?« Holmes war verschwunden.

»Warten Sie einen Augenblick hier!« sagte der junge Alec. »Meiner Meinung nach ist dieser Mensch nicht bei Trost. Komm mit, Vater, laß uns nachsehen, was er treibt!«

Sie liefen aus dem Zimmer. Der Inspektor, der Oberst und ich starrten einander entgeistert an.

»Auf mein Wort, ich neige auch zu Mr. Alecs Ansicht«, versetzte der Polizeibeamte. »Es mag ja mit dieser Krankheit zusammenhängen, aber auch mir scheint . . .«

»Hilfe! Hilfe! Mörder!« unterbrachen ihn plötzlich unterdrückte Schreie. Schaudern packte mich, als ich darin die Stimme meines Freundes wiedererkannte. Wie toll raste ich auf die Diele hinaus. Der Hilferuf erstarb jetzt in einem unartikulierten Krächzen und kam aus dem Zimmer, das wir kurz zuvor besichtigt hatten. Ich stürzte hinein und weiter in den Ankleideraum. Die beiden Cunninghams beugten sich über die auf dem Boden ausgestreckte Gestalt Sherlock Holmes'. Mit beiden Händen umklammerte der Jüngere die Kehle meines Freundes, während der Ältere ihm allem Anschein nach das Handgelenk verdrehte. Im nächsten Augenblick hatten wir zu dritt die Angreifer weggerissen. Schwankend und stolpernd richtete Holmes sich auf. Er sah sehr blaß und erschöpft aus.

»Verhaften Sie diese beiden Männer, Inspektor!« keuchte er.

»Welche Anklage erheben Sie?«

»Mord an ihrem Kutscher William Kirwan.«

Ungläubig ließ der Inspektor seinen Blick vom einen zum anderen schweifen. Er war in großer Verlegenheit.

»Ach, machen Sie keine Witze, Mr. Holmes!« versuchte er abzuwehren. »Oder wollen Sie im Ernst behaupten, daß . . .«

»Herrgott, Menschenskind, schauen Sie doch bloß die beiden an!« schnitt dieser ihm das Wort ab.

Und wahrhaftig, ein deutlicheres Schuldbekenntnis als in den Gesichtern dieser zwei Halunken habe ich in menschlichen Zügen nie wahrgenommen. Starr und wie betäubt, als habe er einen Schlag vor den Kopf erhalten, sah der Alte drein, und die Augen traten ihm zwischen den tiefen Runzeln noch weiter aus den Höhlen. Und ebenso jäh vollzog sich der Wechsel im Ausdruck des Sohnes. Seine muntere, kecke Art hatte er ganz eingebüßt. In seinen schwarzen Augen glühte nur noch die wilde Furcht eines gefährlichen Raubtiers und entstellte die hübsche Regelmäßigkeit seiner Züge. Schweigend schritt der Inspektor zur Tür und blies in seine Trillerpfeife, bei deren Ton sogleich zwei Polizisten angelaufen kamen.

»Mir bleibt keine Wahl, Mr. Cunningham«, sagte er dann. »Hoffentlich stellt sich noch heraus, daß das Ganze auf einem blödsinnigen Irrtum beruht; aber Sie sehen ja selbst . . . ah, was fällt Ihnen ein? Lassen Sie den sofort fallen!« Blitzschnell griff er nach dem Arm des Jünglings, und ein Revolver, dessen Hahn dieser eben spannen wollte, fiel polternd auf den Boden.

»Den müssen wir als Beweisstück für die Verhandlung aufheben«, sagte Holmes und setzte rasch seinen Fuß auf die Waffe. »Aber, was wir eigentlich haben wollten, ist dieses hier!« Triumphierend hielt er einen zerknitterten Papierfetzen in die Höhe.

»Der fehlende Zettel?« rief Forrester.

»Genau das.«

»Und wo fanden Sie ihn?«

»Da, wo ich ihn mit Sicherheit vermutete ... Ich werde Ihnen nachher alles bis ins kleinste auseinandersetzen. Herr Oberst, Sie und Watson können, glaube ich, jetzt getrost nach Hause gehen. Und ich werde binnen einer Stunde bei Ihnen sein. Der Inspektor und ich müssen uns noch ein bißchen mit den Gefangenen unterhalten. Zum Mittagessen sehen wir uns gewiß.«

Mein Freund hielt Wort. Denn um eins war er zurück und kam zu uns ins Rauchzimmer. Er war in Begleitung eines kleinen älteren Herrn, der uns als jener Mr. Acton vorgestellt wurde, in dessen Haus der erste Einbruch verübt worden war.

»Ich wollte gern, daß Mr. Acton dabei ist, wenn ich meine kleine Beweisführung Ihnen vorlege«, erklärte Holmes. »Natürlich ist er an allen Einzelheiten äußerst interessiert. Ich muß fast fürchten, Herr Oberst, daß Sie die Stunde bereuen, in der Sie einen solchen Unruhestifter wie mich aufgenommen haben.«

»Aber nicht doch«, widersprach unser Gastgeber mit Wärme. »Es war für mich eine Auszeichnung, Ihre Arbeitsmethoden mit eigenen Augen verfolgen zu dürfen. Sie übertreffen meine Erwartungen noch bei weitem. Allerdings muß ich gestehen, daß ich selbst noch gar nichts begreife und von dem wahren Sachverhalt nicht die leiseste Ahnung habe.«

»Vielleicht werden Sie enttäuscht sein, wenn Sie alles gehört haben, aber ich mache nie ein Geheimnis aus meiner Arbeitsweise. So habe ich es bei meinem Freund Watson und jedem Menschen gegenüber, der ein ehrliches und verständiges Interesse bewies, immer gehalten. Zuerst jedoch muß ich mir, glaube ich, ein Gläschen von Ihrem guten Brandy einverleiben, Herr Oberst. Ich bin ziemlich mitgenommen von der Balgerei vorhin im Ankleidezimmer; meine Kräfte wurden dabei doch etwas überfordert.«

»Ich hoffe, Sie werden nicht wieder einen nervösen Anfall bekommen?« erkundigte Oberst Hayter sich besorgt.

Sherlock Holmes lachte herzlich: »Alles der Reihe nach. Darauf kommen wir noch zurück. Ich werde Ihnen jetzt einen chronologischen Bericht geben und dabei die verschiedenen Punkte aufzeigen, die mich zu meiner Beurteilung geführt haben. Bitte, unterbrechen Sie mich, wenn etwas nicht klar ist ...

Für einen Detektiv ist es von größter Bedeutung, daß er bei einer Fülle vorliegender Gegebenheiten erkennt, welche nebensächlich und welche wesentlich sind. Nimmt er diese Unterscheidung nicht vor, so zerstreut er seine Aufmerksamkeit und Energie, anstatt sie zu konzentrieren. Bei diesem Fall nun stand für mich von Anfang an fest, daß der Schlüssel zu der ganzen vertrackten Angelegenheit in dem Papierstückchen zu suchen war, das der Tote in der Hand behielt.

Ehe wir uns nun diesem Hauptproblem widmen, möchte ich Ihr Augenmerk noch auf folgendes lenken: Wenn Alec Cunninghams Erzählung stimmen sollte und der Angreifer sofort, nachdem er William Kirwan erschossen hatte, geflohen war, konnte notgedrungen nicht gut er es gewesen sein, der dem Ermordeten den Zettel abnahm. Ergo, so folgerte ich, hatte das aller Wahrscheinlichkeit nach der junge Herr selbst getan. Denn im Augenblick, da sein Vater auch auf der Bildfläche erschien, waren ja bestimmt noch etliche Leute vom Hauspersonal wach geworden. Dieser Rückschluß ist einfach genug, aber der Inspektor kam deshalb nicht darauf, weil er von der Voraussetzung ausging, die Landjunker selbst hätten bestimmt nichts mit der Sache zu tun. Nun ist mein Grundsatz, weder im guten noch im schlechten Sinn je voreingenommen zu sein, sondern mich lediglich von den Geschehnissen selbst führen zu lassen. Und so fand ich mich schon im ersten Stadium meiner Untersuchung etwas skeptisch der Rolle gegenüber, die der junge Cunningham angeblich gespielt hatte.

Daraufhin besah ich mir sehr sorgfältig jenes Papiereckchen, das der Inspektor uns vorgelegt hatte. Sofort erkannte ich, daß dieses Bruchstück zu einem beachtlichen Dokument gehörte. Hier, betrachten wir es doch noch einmal! Fällt Ihnen nichts daran auf?«

»Das Schriftbild ist ungleichmäßig«, bemerkte der Oberst.

»Mein Bester!« rief Holmes entzückt. »Weil nämlich ganz außer Zweifel steht: Der Text wurde von zwei Personen geschrieben, die immer abwechselnd jeweils ein Wort setzten. Das geht ja ganz deutlich schon aus der verschiedenen Schriftlage hervor! Wenn Sie in diesem Sinne die Wortgruppen ›vor‹, ›erfahren‹, ›vielleicht‹, und ›zwölf‹, ›etwas‹, ›großer‹ einander gegenüberstellen, so springt die völlig verschiedene Ausführung ins Auge.«

»Himmel! Das ist ja wirklich auffällig!« rief der Oberst. »Nur, warum um alles in der Welt verfassen zwei Männer solch einen grotesken Brief?«

»Offensichtlich führten sie Böses im Schilde. Und weil einer dem anderen mißtraute, beschlossen sie, daß an allem, was in diesem Zusammenhang unternommen wurde, beide in gleicher Weise beteiligt sein sollten. Außerdem wird deutlich, daß der Schreiber von ›erfahren‹ und ›vielleicht‹ der Anstifter war.«

»Und wie kommen Sie darauf?«

»Man könnte es allein schon aus den Schriftzügen, die die Charaktere spiegeln, ableiten. Aber wir haben noch zwingendere Gründe. Bei aufmerksamer Prüfung dieses Zettels gelangen Sie zu dem Schluß, daß der Mann mit der kräftigeren Hand als erster seine Wörter hingeschrieben hat und für den anderen die auszufüllenden Zwischenräume stehenließ. Denn man sieht, die Lücken waren nicht immer groß genug, der zweite Mann mußte ›etwas‹ und ›sprechen‹ hineinzwängen, und das beweist, daß der übrige Text bereits dastand. Der erste, energische Schreiber ist zweifellos der Initiator des Ganzen.«

»Großartig!« rief Mr. Acton, der seine Bewunderung nicht länger zurückhalten konnte.

»Zu diesem Ergebnis führte also schon eine ganz oberflächliche Betrachtung«, fuhr der Detektiv fort. »Jetzt stoßen wir jedoch zu einem sehr wichtigen Punkt vor. Ich weiß nicht, ob Ihnen bekannt ist, daß graphologische Experten es zu beachtlicher Genauigkeit darin brachten, das Alter eines Menschen aus seiner Handschrift zu erkennen. Im Normalfall wird auch der weniger Versierte zumindest die Dekade mit einiger Zuverlässigkeit bestimmen können. Ich sage: im Normalfall. Denn schlechte Gesundheit und körperliche Schwäche rufen oft dieselben Merkmale im Schriftbild hervor wie hohes Alter, selbst wenn der Betroffene ein Jüngling ist. Wir haben hier nun einerseits eine großspurig dreiste, druckstarke Hand und die etwas fahrig zitterige Erscheinungsform der andern, die trotzdem ihre Leserlichkeit bewahrt, was darauf hinweist, daß der eine Mann jung, der andere dagegen an Jahren ziemlich fortgeschritten, wenn auch – ungeachtet des weggelassenen I-Punkts und der verkümmerten Querstriche – noch nicht ausgesprochen greisenhaft ist.«

»Großartig!« ließ sich Mr. Acton zum zweitenmal vernehmen.

»Es ergibt sich bei unserer kleinen Analyse dann noch etwas, das zwar mehr Scharfblick verlangt, doch letztlich von größerer Bedeutung ist. Ich spreche jetzt von dem, was diese beiden so verschieden wirkenden Handschriften gemeinsam haben und worin die Blutsverwandtschaft der beiden Ausführenden sichtbar wird. Und das tritt in den charakteristischen Endschnörkeln und Einrollungen zutage sowie in den übergroßen Unterlängen. Ich sehe überdies noch etliche Kennzeichen ähnlicher Art, in denen sich ein bestimmter Familienmanierismus durchzusetzen scheint. Aber natürlich verschone ich Sie hier mit Einzelheiten, die in unserem Fall nicht ausschlaggebend und eigentlich nur für den Graphologen von Interesse sind. Alles fügte sich jedoch so ineinander, daß mein Eindruck nur immer mehr vertieft wurde: Die Cunninghams, Vater und Sohn, mußten diesen Brief geschrieben haben.

So weit, so gut. Mein nächster Schritt war nun, die einzelnen Phasen des Verbrechens herauszufinden. Ich begab mich mit dem Inspektor an den Tatort und unterwarf alle Einzelheiten kritischer Prüfung. Die Wunde des Toten war, wie ich zuverlässig bestätigen konnte, durch einen Revolverschuß verursacht, der aus einer Entfernung von etwas mehr als vier Metern abgefeuert wurde. Ich konnte an den Kleidern keine Pulverschwärze feststellen. Demnach hatte Alec Cunningham gelogen; denn er behauptete ja, die beiden Männer hätten miteinander gekämpft, als der Schuß losging. Vater und Sohn waren sich allerdings einig in bezug auf die Stelle, wo der Dieb die Landstraße betreten haben sollte. Wie sich jedoch herausstellte, befindet sich eben da ein breiter, weichgrundiger Graben. In diesem Morast entdeckte ich keinerlei Fußspuren und durfte daraus mit unbedingter Gewißheit folgern, daß die Aussagen der Cunninghams abermals nicht der Wahrheit entsprachen, ja, daß überhaupt gar kein Unbekannter auf der Bildfläche erschienen war.

Und nun galt es, das Motiv für dieses ausgefallene Verbrechen zu ermitteln. Darauf steuerte ich zu, indem ich zuerst den Beweggrund für den ersten Einbruch, neulich bei Mr. Acton, suchte. Oberst Hayter erwähnte uns gegenüber, daß ein Rechtsstreit zwischen Ihnen, Mr. Acton, und den Cunninghams im Gange sei. Natürlich kam mir deshalb sofort der Gedanke, daß die beiden in Ihre Bibliothek eingedrungen sind, um eine Urkunde ausfindig zu machen, die in der bewußten Angelegenheit von Bedeutung ist.«

Mr. Acton nickte. »Ganz sicher verhielt es sich so. Und zweifellos war das ihre Absicht, denn ich habe eindeutig Anspruch auf die Hälfte ihres gegenwärtigen Besitzes. Freilich, wenn sie dieses ganz bestimmte Papier gefunden und entwendet hätten, so wäre damit unser Prozeß aufgeflogen. Glücklicherweise befand sich das Schriftstück jedoch im Safe meiner Anwälte.«

»Da haben wir's«, sagte Holmes lächelnd. »Es war ein gefährliches, rücksichtsloses Unternehmen, worin sich leicht der Einfluß des jungen Alec nachweisen läßt. Nachdem es schiefging, versuchten Vater und Sohn, jeden Verdacht zu zerstreuen, indem sie einen gewöhnlichen Einbruch fingierten und allerlei davontrugen, was ihnen gerade in die Hände fiel. Soweit war alles sonnenklar. Indessen gab es noch manchen dunklen Punkt. Worauf es mir am meisten ankam, war das fehlende Stück der Notiz. Ich war überzeugt, daß Alec dem Toten den Zettel aus der Hand gerissen, und beinahe ebenso sicher war ich, daß er das Papier in die Tasche seines Schlafrocks gesteckt hatte. Denn wo sonst sollte er ihn in der Eile verstaut haben? Ob er sich freilich noch darin befand, das war die Frage. Um meinen Plan, wie ich das herausbringen wollte, ausführen zu können, bat ich Sie alle drei, mich in das Haus der Cunninghams zu begleiten.

Vater und Sohn trafen dort, wie Sie sich erinnern werden, mit uns an der Küchentür zusammen. Zunächst war mir natürlich daran gelegen, daß keiner von den beiden sich an das Vorhandensein des bedeutsamen Papiers erinnerte. Denn selbstverständlich hätten sie dann das Beweisstück augenblicklich vernichtet. Inspektor Forrester war gerade im Begriff, darüber zu sprechen, als ich zum Glück, von einer nervösen Störung heimgesucht, ohnmächtig wurde. Man wechselte sofort das Thema.«

»Allgütiger Gott!« rief der Oberst lachend. »Sie wollen also sagen, daß Sie diesen Anfall nur vorgetäuscht und wir alle unser Mitleid vergeudet haben?«

»Wenn ich mich als Arzt dazu äußern darf«, flocht ich ein, »ja, die Symptome wurden ganz meisterhaft gemimt.« Und ziemlich beschämt starrte ich den Menschen an, dessen behende Schläue mich stets von neuem verblüffte.

»Ach, das ist so ein Kunstgriff, der sich oft sehr nützlich auswirkt«, meinte Holmes leichthin. »Als ich wiederhergestellt war, gelang es mir durch eine Vergeßlichkeit, die vielleicht ein klein bißchen genial genannt werden darf, den alten Cunningham dazu zu bringen, das Wort ›zwölf‹ zu schreiben, wodurch ich Gelegenheit hatte, es mit dem ›zwölf‹ auf dem Zettel zu vergleichen.«

»Ich bin ja ein schöner Esel!« rief ich und schlug mir mit der flachen Hand gegen die Stirn.

»Ich hab' Ihnen angesehen, wie Sie wegen meiner vermeintlichen Gedächtnisschwäche um mich litten!« gab Holmes schmunzelnd zurück. »Es tat mir leid, Ihnen diesen Schmerz zufügen zu müssen . . .

Ja, und dann sind wir allesamt ins obere Stockwerk hinaufgegangen. Beim Betreten des Ankleidezimmers sah ich den bewußten Schlafrock an der Tür hängen. Das wackelige Tischchen mit dem zerbrechlichen Zubehör im Schlafraum des alten Herrn kippte ich um, weil ich damit die allgemeine Aufmerksamkeit von mir ablenken und nach nebenan entwischen wollte, um die Taschen zu untersuchen. Kaum aber hatte ich das Papier – ich fand es, wie vermutet, in der Tasche des Morgenrocks –, da fielen die beiden Cunninghams über mich her. Und ich glaube allen Ernstes, die Kerle hätten mich umgebracht, wären Sie alle mir nicht so schnell zu Hilfe geeilt. Noch jetzt spüre ich den Klammergriff des jungen Burschen um meine Kehle. Und der Alte hat mir das Handgelenk beinahe ausgerenkt, um meiner Faust das Dokument zu entreißen. Sie verstanden sofort, daß ich alles wußte, und dieser plötzliche Umschwung von vollkommener Sicherheit zu heilloser Verzweiflung machte sie rasend.

Später hatte ich eine kleine Unterredung mit dem alten Cunningham, über das Motiv nämlich. Während der Sohn sich wie der Leibhaftige gebärdete, bereit, sich selbst oder jedem, der ihm in die Quere kam, das Lebenslicht auszublasen, hätte er nur an seinen Revolver herangekonnt, war der Vater sehr zugänglich. Als er einsehen mußte, daß die Anklage gegen ihn so schwer war, gab er es auf und legte ein offenes Geständnis ab. Seiner Aussage gemäß war William in der Nacht des Einbruchs bei Mr. Acton seinen beiden Herren heimlich gefolgt. Er bekam sie hierdurch in seine Macht und

erpreßte sie mit der Drohung, er werde sie bloßstellen. Er hatte jedoch nicht bedacht, wie gefährlich ein solches Spiel mit einem Widersacher wie Mr. Alec für ihn werden konnte. Der junge Cunningham verfiel denn auch auf einen Plan von einfallsreicher Niedertracht. Er benützte den Einbrecherspuk, der überall in der Gegend solches Aufsehen erregt hatte, als Gelegenheit, den Menschen, von dem verraten zu werden er befürchten mußte, zu beseitigen.
Er bestellte den Kutscher an einen bestimmten Treffpunkt und schoß ihn kurzerhand nieder. Wenn nun die beiden sich ihren ganzen Brief wiedergeholt oder zumindest etwas mehr Aufmerksamkeit an ihre Tascheninhalte gewendet hätten, dann wäre möglicherweise überhaupt nie ein Verdacht auf sie gefallen.«
»Und was steht eigentlich in der Notiz?« wollte ich wissen. Sherlock breitete das beigefügte Papier auf dem Tisch vor uns aus:

Kommen Sie bitte um viertel vor zwölf zum Osttor und Sie erfahren etwas, das Sie sehr überraschen wird und vielleicht für Sie und Annie W. man von großer Wichtigkeit ist. Aber sprechen Sie mit niemandem davon.

»Sie enthält ungefähr, was ich erwartet habe«, erwiderte er. »Allerdings wissen wir noch nicht, in welcher Beziehung die drei Personen, Alec Cunningham, William Kirwan und Annie Morrison, zueinander standen. Aber wir erfahren immerhin, wie geschickt die Falle gestellt wurde. Und sehen Sie, wie die Verwandtschaft der beiden Schreiber in ihrem Schriftbild deutlich wird . . .

Ich glaube, mein lieber Watson, unser ruhiger Landaufenthalt war ausgesprochen erholsam. Und bestimmt werde ich morgen sehr gekräftigt in die Baker Street zurückkehren.«

Die drei Studenten

Eine wissenschaftliche Forschungsarbeit meines Freundes, auf die ich an anderer Stelle näher eingehen werde, verschlug uns im Jahre 1895 für mehrere Wochen in eine unserer großen Universitätsstädte. Ich erwähne jetzt diesen Aufenthalt nur deshalb, weil uns dort ein kleines, aber lehrreiches Abenteuer widerfuhr, bei dem Sherlock Holmes wieder einmal einige jener Eigenschaften zur Entfaltung brachte, um derentwillen seine Persönlichkeit so bemerkenswert war.

In Nähe der Staatsbibliothek, wo mein Freund tagsüber seine Studien betrieb, indem er sich in alte englische Urkunden und Rechtsschriften vergrub, hatten wir eine möblierte Wohnung gemietet, wo uns eines Abends Professor Hilton Soames mit seinem Besuch beehrte. Wir kannten den Ordinarius, einen großen, hageren Menschen von reizbarem, leicht aufbrausendem Temperament, schon seit einiger Zeit. Gleichwohl mußte uns auffallen, daß unser Gast sich diesmal im Zustand einer besonderen Erregung befand, und nahmen an, daß sich etwas Ungewöhnliches ereignet hatte.

»Ich hoffe sehr, Mr. Holmes, Sie werden ein paar Stunden Ihrer kostbaren Zeit für mich erübrigen«, begann er unbeherrscht sofort nach der Begrüßung. »Wir hatten ein sehr peinliches Vorkommnis an der Hochschule –, und wollte es nicht ein glücklicher Zufall, daß Sie gerade in unserer Stadt weilen, wahrhaftig, ich wäre in größter Verlegenheit, was ich tun soll.«

»Ich habe im Augenblick sehr viel Arbeit und kann keinerlei Ablenkung gebrauchen«, war die knappe Antwort meines

Freundes. »Daher wäre es mir schon bedeutend lieber, wenn Sie die Hilfe der Polizei in Anspruch nehmen wollten.«

»Aber nein, lieber, bester Mr. Holmes. In solcher Weise vorzugehen wäre hier ganz unmöglich«, fuhr der Professor beharrlich fort. »Kommt die Macht des Gesetzes erst einmal ins Rollen, ist sie nicht mehr aufzuhalten. Es handelt sich jedoch um einen jener Fälle, in denen die Reputation der Universität es verlangt, daß um keinen Preis die Öffentlichkeit etwas erfährt. Aber auf Ihre Diskretion ist ja nicht weniger Verlaß als auf Ihr Können – kurzum, Sie sind der einzige Mann auf der Welt, welcher mir helfen kann. Ich bitte Sie inständig, Mr. Holmes, lassen Sie mich nicht im Stich!«

Unser derzeitiger »Tapetenwechsel« bedeutete für meinen Freund lediglich, daß er sich seiner vertrauten Umgebung in der Baker Street beraubt sah, und trug zu nichts weniger als zur Verbesserung seiner Laune bei. Ohne seine Konzeptbücher und Chemikalien, ohne die gewohnte häusliche Schlamperei fühlte er sich nicht wohl und war im Umgang recht schwierig. Mit unliebenswürdiger Ergebenheit zuckte er die Achseln, während unser Besucher voller Hast und heftig gestikulierend seine Geschichte hervorsprudelte:

»Ich muß vorausschicken, Mr. Holmes, daß morgen der erste Examenstag für das Fortescue-Stipendium ist. Ich selber prüfe in Griechisch. Die erste Arbeit besteht in der Übersetzung eines längeren griechischen Textes, den der Kandidat natürlich nicht kennt. Ein halbes Kapitel Tukydides wurde auf die Prüfungsblätter gedruckt. Ich brauche wohl nicht zu betonen, welch ungeheuren Vorteil es für den Examensteilnehmer mit sich brächte, wenn er wüßte, welcher Text ausgewählt worden ist. Es wird aus diesem Grunde äußerste Sorgfalt darauf verwendet, die Prüfungspapiere geheimzuhalten. Heute nachmittag um drei Uhr erhielt ich die Abzüge vom Drucker zur Durchsicht des Textes, der ja genau stimmen muß. Da ich einem Freund versprochen hatte, um halb fünf den Tee bei ihm zu trinken, ließ ich, als ich dorthin aufbrechen wollte – meine Korrekturen waren noch nicht beendet –, die Arbeit auf meinem Schreibtisch liegen. Ich weiß nicht, Mr. Holmes, ob Ihnen bekannt ist, daß alle Räume unserer Universität Doppeltüren haben, eine grüne gebeizte innen und eine schwere eichene außen. Wie ich mich dieser Außentür zu meinem Arbeitszimmer näherte, sehe ich zu meiner Verwunderung einen Schlüssel stecken. Einen Augenblick lang stutzte ich in der Erwägung, ob es sich um meinen eigenen handle, den ich abzuziehen vergessen hätte. Aber nein, den fühlte ich in meiner Tasche. Insofern wäre also alles in Ordnung. Nun gehört das – meines Wissens einzige – Duplikat Bannister, meinem Famulus. Er ist ein Mann, der seit zehn Jahren schon meine Räume und Habseligkeiten in Ordnung hält und dessen Ehrenhaftigkeit ganz außer Zweifel steht. Wie ich feststellte, war es wirklich sein Schlüssel. Offenbar in der Absicht nachzufragen, ob ich Tee wünschte, hatte er ihn beim Hinausgehen unachtsamerweise stecken lassen. Er muß ganz kurz nach meinem Fortgehen in meinem Zimmer gewesen sein. Seine Vergeßlichkeit hätte ja zu jedem anderen Zeitpunkt wenig bedeutet. Indessen gerade an diesem Tag zog sie höchst bedauerliche Folgen nach sich.

Ich bemerkte sofort, daß sich jemand zwischen den Papieren auf meinem Schreibtisch zu schaffen gemacht hatte. Die Prüfungsarbeit setzt sich aus drei langen Fahnen zusammen, die ich beim Weggehen übereinandergelegt hatte. Nun fand ich eine davon auf dem Fußboden, eine auf dem Fensterbrett und nur eine noch, wo ich selbst sie gelassen hatte.«

Zum erstenmal kam Bewegung in Holmes' Gestalt.

»Das erste Blatt lag auf der Erde, das zweite am Fenster und das dritte auf Ihrem Schreibtisch«, bemerkte er.

»Ganz richtig, Mr. Holmes. Aber woher wissen Sie das?«

»Bitte, fahren Sie in Ihrem interessanten Bericht fort«, gab mein Freund zurück.

»Einige Sekunden lang war ich versucht zu glauben, Bannister habe sich die Freiheit herausgenommen, in meinen Papieren zu schnüffeln. Er verneinte dies jedoch mit solch unglücklichem, ernstem Gesicht, daß ich sofort von seiner Aufrichtigkeit überzeugt wurde. Es bleibt also eigentlich nur noch die eine Möglichkeit, daß jemand an meinem Zimmer vorbeiging, den Schlüssel stecken sah und sich meine Abwesenheit zunutze machte. Es wurde eine ziemlich hohe Geldsumme für die Stipendiaten ausgesetzt. Demnach ist es durchaus denkbar, daß ein skrupelloser Student, in der Aussicht, seinen Gefährten gegenüber diesen beträchtlichen Vorteil zu ergattern, ein derartiges Wagnis auf sich genommen hat.

Bannister war über den Vorfall ganz verstört. Als sich herausstellte, daß unweigerlich jemand in den Papieren gekramt hatte, verlor er fast die Besinnung. Ich gab ihm ein Gläschen Brandy und drückte ihn in einen Sessel, während ich das Zimmer genauestens durchsuchte. Bald stellte ich fest, daß der Eindringling nicht nur die Blätter durchstöbert, sondern auch noch andere Spuren im Raum hinterlassen hatte. Auf dem Tischchen beim Fenster waren die Schnipsel eines Bleistiftes verstreut, auch ein abgebrochenes Stückchen Blei lag dabei. Offenbar hatte der Spitzbube dort in großer Eile den Text abgeschrieben, der Stift brach ab und mußte nachgespitzt werden.«

»Ausgezeichnet!« rief mein Freund, dessen Stimmung sich zusehends hob, »Fortuna ist Ihnen wohlgesonnen.«

»Das ist noch nicht alles«, fuhr der Erzähler fort. »Ich habe einen neuen Schreibtisch. Seine Oberfläche ist mit feinem rotem Leder überzogen. Ich könnte schwören – und auch Bannister würde es bestätigen –, daß diese Tischplatte glatt und unversehrt war, ehe ich das Zimmer verließ. Bei meiner Rückkehr fand ich einen sauberen Schnitt in dem Leder; keinen Kratzer, wohlgemerkt, sondern einen richtigen Schnitt von sieben bis acht Zentimetern. Und daneben lag noch ein schwärzliches Erd- oder Lehmklümpchen mit irgendwelchen Fasern dazwischen – Sägemehl oder etwas dergleichen. Ganz sicher stammen diese Überbleibsel auch von dem Halunken. Hingegen entdeckte ich keinerlei Fußabdrücke und stehe, was die Identifizierung des Täters anbelangt, überhaupt vor einem Rätsel. Da sind Sie mir glücklicherweise eingefallen, Mr. Holmes, und ich bin schnurstracks hierhergelaufen, die Angelegenheit in Ihre Hände zu legen. Helfen Sie mir, Sir! Sie sehen ja, wie sehr ich in der Klemme sitze. Entweder ich finde den Burschen, oder die Prüfung muß verschoben und ein ganz neuer Text vorbereitet werden. Dazu aber wären Erklärungen unerläßlich, die einen fürchterlichen Skandal heraufbeschwören würden – und ein Schatten fiele nicht nur auf unser Seminar, sondern auf die gesamte Hochschule. Deshalb hege ich den dringenden Wunsch, die Sache ohne das geringste Aufsehen in aller Stille beizulegen.«

»Ich werde mich darum kümmern«, erklärte Holmes sich bereit, indem er aufstand und seinen Überzieher nahm. »Es soll mir eine Freude sein, wenn ich Ihnen mit Rat und Tat zur Seite stehen kann. Der Fall entbehrt nicht gewisser reizvoller Momente. Übrigens – hat Sie noch jemand nach der Ankunft der Examenstexte in Ihrem Zimmer aufgesucht?«

»Ja, der junge Daulat Ras, ein Student aus Indien, der mit mir auf dem gleichen Stockwerk wohnt. Er hatte einige Fragen wegen des Examens.«

»Dem er sich auch zu unterziehen gedenkt?«

»Ganz richtig.«

»Und die Papiere lagen auf Ihrem Tisch?«

»Ich glaube mit Gewißheit sagen zu dürfen, daß sie noch nicht ausgepackt waren.«

»Aber als die Prüfungstexte erkenntlich?«

»Das ist schon möglich.«

»Und sonst war niemand mehr bei Ihnen?«

»Nein.«

»Wußte irgend jemand, daß sich die Korrekturabzüge des griechischen Textes in Ihrem Zimmer befanden?«

»Außer dem Drucker kein Mensch.«

»Auch Bannister nicht?«

»Nein, bestimmt nicht.«

»Wo steckt dieser Bannister jetzt?«

»Dem armen Kerl war sehr elend. Ich ließ ihn in seinem Sessel sitzen, denn ich hatte große Eile, zu Ihnen zu kommen.«

»Haben Sie die Tür offengelassen?«

»Ja, aber diesmal schloß ich die Papiere ein.«

»Wenn ich Sie recht verstanden habe, Mr. Soames, würden Sie also – vorausgesetzt, der Inder habe die Prüfungsexemplare nicht als solche erkannt – zu der Annahme neigen, der Eindringling sei an die Papiere geraten, ohne vorher gewußt zu haben, daß diese auf Ihrem Schreibtisch lagen?«

»Ja, so scheint es mir.«

Holmes lächelte süffisant.

»Schön«, sagte er dann, »gehen wir jetzt! In Ihre Branche schlägt das nicht so sehr, lieber Watson. Die Schäden sind mehr geistiger als körperlicher Art. Aber Sie können natürlich trotzdem mitkommen, wenn Sie mögen. Ich stehe zu Ihrer Verfügung, Mr. Soames.«

Es dämmerte bereits, als wir den altehrwürdigen, verwitterten Universitätshof erreichten. Holmes blieb stehen, den Blick ernst auf ein niedriges, aber breites, vergittertes Fenster gerichtet. Dahinter lag das Wohn- und Arbeitszimmer unseres Mandanten. Mein Freund schritt darauf zu, stellte sich auf die Zehenspitzen, so daß er mit gerecktem Hals ins Innere des Raumes spähen konnte.

»Er muß durch die Tür hereingekommen sein. An dem Fenster ist nur die eine Scheibe zu öffnen«, meinte unser Führer in belehrendem Ton.

»Was Sie nicht sagen!« erwiderte Holmes lächelnd. »Gut denn, wenn es hier nichts mehr in Erfahrung zu bringen gibt, schauen wir uns drinnen weiter um!«

Und so schritten wir durch das gotische, von einem Spitzbogen überwölbte Haustor in den alten, ausgetretenen steinernen Treppenflur. Im Erdgeschoß wohnte unser Professor. Er öffnete die Doppeltür zu seinem Arbeitszimmer und forderte uns auf, einzutreten. Wir blieben noch einige Augenblicke am Eingang stehen, denn Holmes' Augen schweiften prüfend über den Teppich.

»Nicht viel Aussicht, Fußspuren darauf zu entdecken«, erklärte er. »An einem so trockenen Tag ... Übrigens scheint sich Ihr Assistent ja wieder erholt zu haben. Sie sagten, daß er im Sessel sitzen blieb, als Sie fortgingen. Darf ich fragen, in welchem?«

»Dort am Fenster.«

»Aha, neben dem Tischchen. Wollen wir uns doch dieses Tischchen näher betrachten. Kommen Sie nur herein! Den Teppich habe ich schon inspiziert ... Ganz klar – so hat es sich zugetragen. Der Mann erschien im Zimmer und nahm die Prüfungsblätter vom Schreibtisch, das heißt *eines nach dem andern*, an sich. Er brachte sie hinüber ans Fenster, um von dort aus zu beobachten, wenn Sie über den Hof zurückkehrten, damit er rechtzeitig entwischen konnte.«

»In Wirklichkeit benutze ich aber die Seitentür.«

»So so, danke! Na, wie auch immer. Er hatte etwas dieser Art im Sinn. Zeigen Sie mir bitte einmal die drei Fahnenabzüge. Sind Fingerabdrücke darauf? Nein. Nun, er brachte den ersten hier herüber und schrieb ihn ab. Wie lange wird er dazu gebraucht haben? Eine Viertelstunde zumindest. Dann ließ er ihn auf den Boden fallen und griff zum nächsten Bogen. Hier war er bis zur Mitte vorgedrungen, als Ihre Heimkehr ihn veranlaßte, sich schleunigst zurückzuziehen. Er handelte in größter Eile, und es blieb ihm keine Zeit mehr, die Blätter wieder an ihren Platz zu legen. Und so bemerkten Sie gleich, daß etwas nicht in Ordnung war. Hörten Sie beim Öffnen der Außentür keine schnellen Schritte?«

»Nicht daß ich wüßte.«

»Hm. Der Mann schrieb so hastig, daß ihm der Stift abbrach und er ihn, wie Sie selbst erwähnten, spitzen mußte. Nun hören Sie zu, Watson! Es war kein gewöhnlicher Bleistift. Zwar hatte er die übliche Größe, enthielt aber besonders weiches Blei. Die Außenseite war von dunkelblauer Farbe, der Name des Fabrikanten in silbergrauen Buchstaben daraufgedruckt. Das restliche Stückchen ist nicht ganz vier Zentimeter lang. Halten Sie Ausschau nach einem solchen Bleistift, Mr. Soames! Der Eigentümer ist der Mann, den sie suchen. Wenn ich hinzufüge, daß er ein großes und sehr stumpfes Taschenmesser besitzt, so kann Ihnen das vielleicht auch noch behilflich sein.«

Diese Flut von Auskünften schien den guten Mr. Soames zu überwältigen.

»In den anderen Punkten konnte ich einigermaßen folgen«, versetzte er, »aber was die Länge des Stiftes angeht – also wirklich . . .«

Holmes hielt uns eines der Schnipsel vor die Augen: nn war noch darauf zu lesen, daneben nur blankes Holz.

»Nun, fällt Ihnen nichts auf?«

»Nein – ich gestehe – auch jetzt . . .«, stammelte der Professor.

»Ich habe Sie wieder einmal – wie zuweilen schon – ungerecht beurteilt, Watson . . . Tja, was mag das nn bedeuten? Sicher handelt es sich doch um das Ende eines Wortes, da auf diesem abgeschnittenen Holzplättchen kein Buchstabe folgt, sondern ein Zwischenraum. Nun ist es bekanntlich Johann Faber, der die meisten Bleistifte verfertigt. Somit dürfen wir ohne weiteres auf eines seiner Fabrikate hier schließen, wie auch, daß von dem Stift noch so viel übrig sein muß, als die Länge gemeiniglich hinter Johann noch beträgt.«

Während seiner letzten Worte schon hatte mein Freund das Tischchen leicht angehoben und hielt es nun schräg gegen das elektrische Licht. »Ich hoffte, das Papier sei vielleicht so dünn, daß sich etwas von der Schrift auf dieser Politur abgezeichnet hätte. Dem ist leider nicht so. Da können wir hier wohl nichts mehr finden. Wenden wir uns darum dem großen Mitteltisch zu! Aha, dies Klümpchen wird vermutlich die schwarze erdige Masse sein, von der Sie sprachen, Mr. Soames. Ganz richtig, der Sägemehlstaub dazwischen – und wie eine kleine Pyramide geformt. Ei, ei, das ist doch alles recht aufschlußreich . . . Und hier der Einschnitt, der wie ein dünner, haarfeiner Riß beginnt und in einem regelrechten Loch endet. Ich bin Ihnen sehr dankbar, Mr. Soames, daß Sie meine Aufmerksamkeit auf einen so interessanten Fall gelenkt haben . . . Wohin führt diese Tür?«

»In mein Schlafzimmer.«

»Haben Sie es seit jenem Vorfall betreten?«

»Nein, ich ging doch sofort zu Ihnen.«

»Ich möchte mich darin gern etwas umsehen. Was für ein reizender, altmodisch gemütlicher Raum! Würden Sie vielleicht freundlicherweise eine Minute warten, bis ich den Fußboden untersucht habe? Nein, es ist nichts darauf zu sehen. Wozu dient dieser Vorhang? So, Sie hängen Ihre Garderobe dahinter. Wenn jemand gezwungen wäre, sich in diesem Raum zu verstecken, so fände er hier die einzige Möglichkeit, denn das Bett ist zu niedrig und der Kleiderschrank zu eng . . . Ist hier jemand?«

Mit einem scharfen Ruck hob Holmes den besagten Vorhang zur Seite, als sei er einer menschlichen Gestalt dahinter gewärtig. Es hingen aber wirklich nur ein paar Kleidungsstücke an einer Reihe von Haken. Mein Freund wandte sich uns wieder zu, bückte sich indessen gleich darauf, da er etwas auf dem Fußboden erspäht hatte. Und zwar war es abermals solch winzige Pyramide aus der nämlich erdigen Masse wie das Klümpchen auf dem kleinen Tisch im Arbeitszimmer nebenan. Holmes hielt den Fund auf seiner ausgestreckten Handfläche ans Licht.

»Ihr Besucher hat augenscheinlich auch Spuren in Ihrem Schlafzimmer hinterlassen, Mr. Soames!«

»Was kann er hier nur gewollt haben?«

»Nun, ich glaube, hierüber ist kaum ein Irrtum möglich. Sie kehrten auf einem anderen Weg zurück, als er erwartet hatte, und so erhielt er die Warnung erst, als Sie bereits vor der Tür standen. Was sonst blieb ihm zu tun übrig, als raschestens alles an sich zu nehmen, was ihn verraten konnte, und in Ihr Schlafzimmer zu stürzen, um sich hier zu verbergen.«

»Gütiger Himmel, Mr. Holmes, wollen Sie damit behaupten, daß unser Missetäter die ganze Zeit, während ich nebenan mit Bannister sprach, gewissermaßen unser Gefangener war, ohne daß ich es ahnte?«

»Genau das würde ich denken.«

»Gewiß ist es nicht die einzige Alternative, Mr. Holmes! Ich weiß nicht, ob Sie von draußen mein Schlafzimmerfenster gesehen haben?«

»Natürlich. Es ist mit Eisenblei vergittert, hat jedoch drei Flügel, von denen einer sich öffnen läßt und genug Spielraum bietet, daß ein ausgewachsener Mann hindurchschlüpfen kann.«

»Eben. Noch dazu geht es auf einen Winkel des Hofes hinaus und ist auf dem Weg vom vorderen Tor nicht zu sehen. Der Mann könnte von dort eingedrungen sein, seine Fußspur zurückgelassen haben, als er das Schlafzimmer durchquerte, und schließlich durch die unverschlossene Tür entwischt sein.«

Ungeduldig schüttelte Holmes den Kopf.

»Wir wollen nicht herumraten, sondern uns mit den handgreiflichen Tatsachen befassen. Ich habe Sie doch richtig verstanden, daß mit Ihnen noch drei Studenten diesen Treppenflur benutzen und regelmäßig an Ihrer Tür vorbeikommen?«

»Gewiß.«

»Und Sie wollen sich alle an dieser Prüfung beteiligen?«

»Ja.«

»Hätten Sie Grund, einen dieser jungen Männer eher zu verdächtigen als die anderen?«

»Das ist eine heikle Frage«, erwiderte Soames zögernd. »Ich möchte so ganz ohne Beweise keinen Verdacht aussprechen.«

»Lassen Sie uns Ihre Charakteristik der drei Personen hören! Um die Beweise kümmere ich mich.«

»Gut, dann will ich Ihnen die drei jungen Leute in ihrer Wesensart kurz zu beschreiben versuchen. Da haben wir zunächst Gilchrist, den Mieter vom dritten Stock. Er ist ein ebenso guter Geistesarbeiter wie Sportler. Er spielt im Rugbyteam und gehört zur Cricketmannschaft unserer Hochschule. Im Hürdenlauf und Weitsprung hat er sein blaues Abzeichen. Ein netter, kameradschaftlicher Bursche. Sein Vater war der bekannte Sir Jabez Gilchrist, der sich beim Rennsport zugrunde richtete. Er ließ den Sohn fast mittellos zurück. Doch dieser Student arbeitet fleißig und mit Energie. Er wird die Prüfung sicher bestehen.

Den zweiten Stock bewohnt Daulat Ras aus Dschabalpur. Er ist sehr still und schwer durchschaubar, wie diese Inder es meistens sind. Sein Studium betreibt er mit zuverlässigem Ernst. Das Griechische allerdings ist seine schwache Seite. Immerhin erwirbt er sich auch hier Kenntnisse mit System und Ausdauer.

Unterm Dach haust Miles McLaren. Wenn er sich wirklich zum Arbeiten entschließt, vermag er durch seine Leistungen zu glänzen, denn er ist einer der hellsten Köpfe an der Universität. Nur zeigt er sich oft zerstreut und undiszipliniert. Wegen eines Spieltischskandals wurde er in seinem ersten Semester beinahe relegiert. Er hat auch viel gefaulenzt und wird nicht ohne berechtigte Angst ins Examen steigen.«

»Dann ist es wohl am ehesten er, den Sie verdächtigen«, folgerte Holmes.

»So weit zu gehen wage ich nicht. Doch bei ihm wäre eine solche Handlung vielleicht am wenigsten unwahrscheinlich.«

»Ganz richtig. Und nun, Mr. Soames, stellen Sie uns Ihren Famulus einmal vor!«

Bannister war ein kleiner, bleichgesichtiger Fünfziger, mit grauem Haar und glattrasiert. Er litt noch unter der plötzlichen Störung seines sonst so ruhigen Lebens. Sein breites Gesicht zuckte vor Nervosität, und seine Finger bewegten sich unruhig.

»Wir müssen dieser unglückseligen Geschichte auf den Grund gehen, Bannister!« unterrichtete ihn sein Herr.

»Jawohl, Sir.«

»Wenn ich richtig im Bilde bin«, wandte sich nun Holmes an ihn, »ließen Sie Ihren Schlüssel in der Tür stecken?«

»Ja, das tat ich, Sir.«

»War das nicht sehr leichtsinnig, ausgerechnet an dem Tag, wo die Prüfungspapiere auf dem Tisch lagen?«

»Ach, Sir, es ist ein rechtes Mißgeschick.«

»Wann haben Sie den Raum betreten?«

»Etwa um halb fünf Uhr. Das ist Mr. Soames' Teezeit.«

»Wie lange sind Sie geblieben?«

»Als ich sah, daß er nicht zu Hause war, zog ich mich sofort wieder zurück.«

»Und verschafften sich keinen Einblick in die Papiere auf dem Schreibtisch?«

»Aber nein, Sir, bestimmt nicht!«

»Wie kam es, daß Sie den Schlüssel nicht abzogen?«

»Ich hielt das Tablett mit der Teemahlzeit in der Hand. Zwar wollte ich gleich noch einmal zurückgehen, den Schlüssel zu holen, doch dann vergaß ich es.«

»Hat die äußere Tür ein Schnappschloß?«

»Nein, Sir.«

»Dann war sie die ganze Zeit über offen?«

»Jawohl, Sir.«

»Und wenn jemand sich im Zimmer aufhielt, konnte er jederzeit hinauslaufen?«

»Leider ja, Sir.«

»Als Mr. Soames zurückkehrte und nach Ihnen rief, waren Sie sehr verstört?«

»Mein Gott, Sir, so etwas ist in all den vielen Jahren, die ich jetzt hier bin, noch nie vorgekommen! Ich bin fast ohnmächtig geworden.«

»So wurde es mir berichtet. Wo standen Sie, als Ihnen übel wurde?«

»Wo ich stand, Sir? Hier – hier, neben der Tür.«

»Merkwürdig, daß Sie sich den Sessel dort drüben in der Ecke aussuchten und nicht die nächste beste Sitzgelegenheit wahrnahmen.«

»Davon weiß ich nichts mehr, Sir. Es war mir gleichgültig, wohin ich mich setzte.«

»Ich glaube wirklich nicht, daß er sich dessen bewußt war, Mr. Holmes«, griff Professor Soames hier ein. »Er sah kreideweiß, nahezu gespenstisch aus.«

»Sie blieben hier also sitzen, als Ihr Herr Sie verließ?« fragte Holmes den Diener unbeirrt weiter.

»Nur etwa eine Minute lang. Dann schloß ich die Tür ab und ging auf mein Zimmer.«

»Haben Sie jemanden in Verdacht?«

»O nein. Das würde ich mir niemals herausnehmen. Ich kann mir auch nicht vorstellen, daß einer der Herren an unserer Universität zu einer solchen Handlung fähig wäre. Nein, Sir, das würde ich nie und nimmer für möglich halten.«

»Danke, das genügt«, beendigte mein Freund das Verhör. »Nur eines wüßte ich noch gern: Sie haben keinem der drei Herren hier im Haus gesagt, daß etwas nicht stimmt?«

»Behüte, Sir, kein Wort.«

»Und sind mittlerweile auch mit keinem von ihnen zusammengetroffen?«

»Nein.«

»Gut, vielen Dank ... Mr. Soames, wenn es Ihnen recht ist, wollen wir jetzt noch einmal in den Hof hinunterspazieren.«

Drei gelbe Lichtrechtecke starrten über uns in die beginnende Dunkelheit.

»Sieh an, Ihre drei Vögel haben alle das Nest aufgesucht«, sagte Holmes. »Was ist denn das? Einer von ihnen scheint ja recht ruhelos.«

Es war der Inder, dessen dunkle Silhouette sich hinter der Gardine hin und her bewegte, als schritte er im Zimmer auf und ab. »Ich möchte gern bei jedem einmal hineinschauen. Läßt sich das einrichten?«

»Ohne jede Schwierigkeit«, antwortete Soames. »Dieser bewohnte Flügel ist der älteste in unserer Universität. Daher kommt es nicht selten vor, daß Besucher sich darin umsehen wollen. Kommen Sie, ich werde Sie begleiten.«

»Keine Namen nennen, bitte!« flüsterte Holmes dem Professor noch zu, als wir bereits an Gilchrists Tür klopften. Ein
flachsblonder junger Mann, groß und schlank von Gestalt,
öffnete und hieß uns willkommen. Es gab wirklich einige
bemerkenswerte Reste mittelalterlicher Architektur zu besichtigen. Holmes war von einer frühgotischen Schnitzerei
so gefesselt, daß er darauf bestand, eine Skizze davon in sein
Notizbuch zu zeichnen. Im Eifer brach ihm der Bleistift ab,
und er erbat sich leihweise einen von unserem Gastgeber.
Dann borgte er sich noch ein Taschenmesser, um den eigenen wieder zu spitzen.
Der gleiche merkwürdige Zwischenfall ereignete sich im
Zimmer des Inders. Dieser war ein schweigsamer Jüngling
von zierlichem Wuchs, dessen etwas schräge Mandelaugen
uns scheu musterten. Offenkundig atmete er erleichtert auf,
als Holmes mit seinen Architekturstudien fertig war. Mir
gelang es beide Male nicht, herauszufinden, ob der Meister
auf die Indizien gestoßen war, die er suchte. Bei dem dritten
Studenten blieb unser Bemühen ergebnislos. Wir wurden
nicht eingelassen. Auf mein Klopfen hin vernahmen wir lediglich eine Kaskade wüster Schimpfreden hinter der ver-
schlossenen Tür. »Mir doch schnuppe, wer Sie sind!« tobte
der Mann da drinnen. »Scheren Sie sich zum Teufel! Ich
habe Prüfung morgen und will von keinem Menschen ge-
stört werden!«
»Ein grober Geselle«, versetzte unser Führer, zornrot im Gesicht, als wir unverrichteterdinge die Treppe wieder hinun-
terstiegen. »Selbstverständlich ahnte er nicht, daß ich selbst
es war, der geklopft hat. Gleichwohl war sein Benehmen äußerst unhöflich und unter den gegebenen Umständen geradezu suspekt.«
Holmes' Entgegnung lautete sonderbar genug:
»Könnten Sie mir seine genaue Körpergröße angeben?«
»Wirklich, Mr. Holmes, das ist ein bißchen viel verlangt . . .
Er wird größer sein als der Inder, nicht so groß wie Gilchrist.
Nun, einen Meter siebzig möchte ich etwa meinen.«

»Das ist nämlich sehr wichtig«, erklärte Holmes abschlie-
ßend. »Und nun wünsche ich Ihnen eine gute Nacht, Mr. Soames.«

Der Ordinarius gab einen lauten Ausruf der Bestürzung von
sich. »Ach, du gütiger Himmel, Mr. Holmes! So mir nichts,
dir nichts werden Sie mich doch jetzt nicht verlassen? Sie
scheinen die Peinlichkeit der Lage nicht in vollem Umfang zu
ermessen! Das Examen soll ja morgen schon stattfinden. Ich
muß unbedingt noch heute abend eine Entscheidung treffen,
denn keinesfalls darf ich zulassen, daß geprüft wird, wenn
einer der Kandidaten sich an den Vorlagen vergriffen hat. Bedenken Sie das bitte!«

»Wir können im Augenblick nichts mehr tun. Ich werde morgen früh sehr zeitig bei Ihnen aufkreuzen, dann besprechen
wir alles Weitere. Sehr wohl möglich, daß ich bis dahin imstande bin, Richtlinien zu geben, wie wir uns verhalten müssen. Versprechen Sie mir nur, mittlerweile nichts anzurüh-
ren, nichts zu verändern – nicht das geringste!«

»Das versteht sich, Mr. Holmes.«

»Sie dürfen ganz beruhigt schlafen gehen. Bestimmt findet
sich ein Weg aus all diesen Schwierigkeiten. Das Lehmklümpchen nehme ich an mich, ebenso die Bleistiftabfälle.
Auf Wiedersehen!«

Als wir draußen auf dem dunklen Hof standen, spähten wir
abermals zu den Fenstern hinauf. Noch immer wanderte der
Inder in seinem Zimmer auf und ab. Die beiden anderen Kandidaten blieben unsichtbar.

»Na, Watson, was halten Sie davon?« fragte mich mein
Freund auf dem Nachhauseweg. »Wahrhaftig ein Kabinett-
stück – eine Art Kartenspiel, finden Sie nicht? Einer von den
dreien muß es ja gewesen sein. Auf welche Karte setzen Sie?«

»Wohl doch auf den ungehobelten Kerl oben in der Mansar-
denwohnung. Er hat ja auch den zweifelhaftesten Leumund.
Trotzdem – dieser Inder ist auch ein verschlagener Bursche ... Warum er nur die ganze Zeit in seinem Zimmer auf
und ab ...«

»Das besagt gar nichts«, fiel mir Holmes ins Wort. »Es ist nur eine Methode, sich etwas einzupauken.«

»Er schaute uns auch so eigentümlich an.«

»Würden Sie das nicht auch tun, wenn Sie bei der Vorbereitung auf ein Examen, das am nächsten Tag stattfinden soll, ein Schwarm von fremden Leuten überfällt und Ihnen Ihre kostbare Zeit stiehlt? Nein, daraus kann ich nichts entnehmen. Taschenmesser und Bleistift waren auch in Ordnung. Aber dieser andere Mensch verwirrt mich wirklich.«

»Welcher?«

»Na, der Bannister doch. Was für eine Rolle spielt er in der Partie?«

»Ich habe von ihm den Eindruck eines vollkommen ehrenhaften Mannes.«

»Auch ich. Das ist ja gerade das Verwirrende. Wie kommt so ein biederer, anständiger Mensch dazu – hm, hier haben wir ja ein Geschäft, wo wir gleich mit unseren Nachforschungen beginnen wollen.«

Es gab nur vier nennenswerte Schreibwarengeschäfte in der Stadt. In jedem brachte Holmes seine Bleistiftschnipsel zum Vorschein, um ein Duplikat des betreffenden Musters zu finden. Es war jedoch nirgends vorrätig, und überall wurde uns der nämliche Bescheid, das Exemplar sei seiner unhandlichen Dicke wegen nicht gängig, man könne jederzeit einen solchen Stift im Lager nachbestellen. Gelassen nahm mein Freund diese wiederholten Fehlschläge hin und zuckte bloß in halb belustigter Resignation die Achseln.

»Es soll nicht klappen, mein guter Watson. Dieses beste und ausschlaggebende Beweisstück ist uns durch die Lappen gegangen. Wenn schon! Ich bezweifle kaum, daß wir auch ohne das unser Mosaik lückenlos zusammensetzen werden. Donnerwetter, lieber Freund, schauen Sie auf die Uhr! Es ist fast neun, und unsere Pensionswirtin hat etwas von grünen Erbsen zum Abendessen gemurmelt, die bereits um halb acht fertig sein sollten. Müssen Sie denn unentwegt rauchen, Watson, und Ihre Mahlzeiten derart unregelmäßig einnehmen? Wenn Sie so weitermachen, werden Sie bald Ihre Kündigung erhalten. Und mich ziehen Sie mit ins Verderben – freilich nicht, ehe wir das Rechenexempel um unseren nervösen Magister, seinen nachlässigen Diener und die drei unternehmungslustigen Studenten gelöst haben.«

Holmes spielte an jenem Abend auf die Angelegenheit nicht mehr an, aber er blieb nach unserem verspäteten Nachtmahl noch lange gedankenverloren sitzen. Am nächsten Morgen kam er bereits um acht Uhr in mein Schlafzimmer, ich hatte gerade meine Toilette beendet.
»Morgen, Watson!« begrüßte er mich kurz. »Wir müssen sofort nach St. Lukas. Können Sie auf Ihr Frühstück verzichten?«
»Natürlich.«
»Soames wird in schrecklicher Verlegenheit sein, wenn wir ihm nicht bald etwas Positives zu vermelden haben.«
»Etwas Positives?«
»Das will ich meinen!«
»Sind Sie denn zu einem Ergebnis gelangt?«
»Aber sicher, mein Lieber! Ich bin dem Geheimnis auf den Grund gekommen.«
»Haben Sie inzwischen neues Beweismaterial aufgetrieben?«
»Tja-a! Nicht umsonst habe ich mich zu einer solch unmenschlichen Zeit, um sechs Uhr früh, aus den Federn gewälzt. Zwei Stunden harter Arbeit und mindestens fünf Meilen Fußmarsch liegen schon hinter mir. Ich muß doch etwas herzeigen können. Da, schauen Sie mal!« Er öffnete seine Rechte. In der Handfläche standen drei winzige Pyramiden aus klumpiger Erde.
»Nanu, Holmes! Gestern waren es doch bloß zwei?«
»Und Nummer drei ist heute früh hinzugekommen. Sie muß unweigerlich gleicher örtlicher Herkunft sein wie Nummer eins und zwei. Ist das nicht ein fabelhaftes Beweisstück? Los, wir wollen Freund Soames rasch von seiner Qual erlösen.«
Den unglücklichen Professor trafen wir freilich in erbar-

mungswürdigem Zustand an. Kein Wunder! Wenige Stunden später würde die Prüfung in Griechisch anfangen, und noch war die Gewissensfrage nicht entschieden: Sollte er den peinlichen Zwischenfall an die große Glocke hängen oder schweigend dulden, daß ein unlauterer Teilnehmer sich um die kostbare Vergünstigung bewarb? Vor innerer Unruhe konnte er keinen Augenblick stillstehen. Als er den sehnsüchtig erwarteten Detektiv endlich erblickte, lief er ihm mit ausgestreckten Armen entgegen.

»Dem Himmel sei Dank, daß Sie da sind! Ich fürchtete schon, Sie hätten das Ganze mangels ausreichender Indizien aufgegeben. Soll das Examen seinen Fortgang nehmen?«

»Aber gewiß doch, um jeden Preis.«

»Und der Spitzbube?«

»Wird sich nicht beteiligen.«

»Wie soll ich das verstehen? Wissen Sie denn, wer es ist?«

»Ich glaube, ja. Wenn die Angelegenheit nicht an das Licht der Öffentlichkeit dringen soll, müssen wir selbst ein kleines Kriegsgericht abhalten. Setzen Sie sich bitte, Mr. Soames, Watson, Sie bitte hier! Ich werde den Lehnstuhl in der Mitte nehmen. Ja, so ist es gut und imponierend genug, einem schuldbeladenen Gewissen Furcht einzuflößen. Wären Sie nun so freundlich, Ihrem Famulus zu läuten?«

Schon bei seinem Eintreten schrak Bannister vor unserem Tribunal zurück.

»Wollen Sie bitte die Tür schließen!« forderte Holmes ihn ruhig auf. »Und nun, Bannister, sagen Sie uns die ganze Wahrheit über das, was gestern hier in diesem Raum vorgefallen ist.«

Der Mann erbleichte bis unter die Haarwurzeln.

»Ich habe alles gesagt, was ich weiß, Sir.«

»Und Sie wollen nichts mehr hinzufügen?«

»Nein, Sir.«

»Gut, dann muß ich Ihrem Gedächtnis etwas nachhelfen. Setzten Sie sich gestern auf den Sessel dort am Fenster, um einen Gegenstand zu verbergen, der hätte verraten können, wer im Zimmer gewesen war?«

Geisterhafte Blässe überzog Bannisters Gesicht.

»Nein, Sir, bestimmt nicht.«

»Es war nur eine Vermutung«, erwiderte Holmes milde. »Ich gebe ohne weiteres zu, daß ich es nicht beweisen kann. Trotzdem mußte ich etwas dieser Art für wahrscheinlich halten, denn im Augenblick, da Mr. Soames den Rücken wendete, gingen Sie und befreiten den jungen Mann, der sich nebenan im Schlafzimmer versteckt hielt.«

Bannisters Zungenspitze glitt über seine trockenen Lippen.

»Es war niemand nebenan, Sir.«

»Schade, Bannister! Wenn Sie auch bis hierher noch die Wahrheit gesprochen hätten – dieser Satz jetzt war eine Lüge, das weiß ich.«

In finsterem Trotz zog sich die Miene des Bediensteten zusammen. »Es war aber keiner im Schlafzimmer«, behauptete er nochmals.

»Bannister! Warum sind Sie so verstockt?«

»Nein, Sir, wirklich, da war niemand . . .«

»Na, schön. Weitere Auskünfte können wir unter diesen Voraussetzungen wohl nicht von Ihnen erwarten. Bleiben Sie aber bitte hier, und stellen Sie sich dort hinüber, neben die Schlafzimmertür! Und hätten Sie, Mr. Soames, jetzt die Güte, den jungen Gilchrist aus seinem Zimmer zu holen?«

In wenigen Minuten kehrte der Professor zurück und brachte den Studenten mit sich. Der junge Mann war sehr groß, dabei schlank und sportlich gewachsen. Er hatte einen federnden Gang und ein freundliches, offenes Gesicht. Seine Augen glitten unruhig von einem zum andern und hafteten schließlich mit dem Ausdruck heller Bestürzung an Bannister.

»Wollen Sie bitte so nett sein und die Tür schließen«, ersuchte Holmes den Eintretenden höflich. »Wir sind hier nun ganz unter uns, Mr. Gilchrist. Und niemand braucht zu erfahren, was wir miteinander auszutragen haben. Wir können frank und frei von der Leber weg sprechen. Und jetzt möchten wir gern wissen, Mr. Gilchrist, wie Sie als ein sauberer und gewissenhafter junger Mensch, der Sie doch sind, sich derartig vergreifen konnten.«

Der unglückselige Bursche taumelte zurück und warf einen Blick voller Vorwurf und Entsetzen auf Bannister.

»Nein, o nein, Mr. Gilchrist, ich habe nichts gesagt, nicht ein einziges Wort, junger Herr!« rief der Diener verzweifelt aus.

»Dafür tun Sie es in diesem Augenblick«, erklärte Holmes sanft.

»Und Sie, Mr. Gilchrist, müssen nach diesen Beteuerungen Bannisters ja einsehen, daß alles Leugnen hoffnungslos wäre. Ihre letzte und einzige Chance besteht jetzt darin, ein offenes Geständnis abzulegen.«

Mechanisch hob der ertappte Sünder den Arm und versuchte das krampfhafte Zucken seiner Mundwinkel zu verbergen. Wenige Sekunden später jedoch sank seine große Gestalt neben dem Tisch in die Knie, und von heftigem Schluchzen geschüttelt, schlug er beide Hände vors Gesicht.

»Na, na!« beschwichtigte ihn Holmes mit freundlicher Stimme. »Irren ist menschlich – und wenigstens kann niemand Ihnen vorwerfen, Sie seien ein hartgesottener Betrüger. Vielleicht darf ich Ihnen diese Beichte erleichtern, indem ich selbst Mr. Soames den Hergang erzähle, und Sie unterbrechen oder ergänzen mich, wo ich den Nagel nicht richtig auf den Kopf treffe. Wollen wir es so versuchen? Schon gut, schon gut. Sie brauchen jetzt nicht zu antworten. Hören Sie nur zu, und passen Sie auf, daß mir keine Fehler unterlaufen!

Vom Augenblick an, da Sie mir sagten, nicht einmal Bannister habe gewußt, daß die Papiere in Ihrem Zimmer lagen, Mr. Soames, nahm die Sache für mich Gestalt an. Den Drukker konnte man natürlich ohne weiteres ausschalten. Er hatte ja die Möglichkeit, die Vorlagen in seinem eigenen Arbeitsraum genauer in Augenschein zu nehmen, wenn er das wollte. Auch bei dem Inder hegte ich nicht den geringsten

Argwohn. Wenn die Prüfungspapiere noch eingewickelt waren, als er vor Ihnen stand, wird er sie nicht als solche erkannt haben. Eine andere Möglichkeit wie: Jemand wagt sich ohne Grund in Abwesenheit des Professors in dessen Zimmer, sieht dort die Papiere liegen – und schreibt sie geistesgegenwärtig sofort ab – eine solche Verkettung von Zufällen schien mir erst recht nicht annehmbar. Nach meinem unbedingten Dafürhalten *wußte* der Eindringling, daß sich die Unterlagen des griechischen Textes hier befanden. Wie aber hatte er davon Kenntnis erhalten?

Als wir über den Hof gingen und uns Ihrer Wohnung näherten, warf ich einen prüfenden Blick auf das Fenster Ihres Arbeitszimmers. Ihre Mutmaßung, Mr. Soames, ich möchte auf den unsinnigen Gedanken verfallen sein, es sei einer am hellichten Tage und angesichts so vieler bewohnter Räume da eingestiegen, hat mich nicht wenig erheitert. Was ich indessen tatsächlich bei mir erwog, war: Wie groß mußte ein Mensch sein, um von draußen in Ihr Zimmer spähen zu können? Ich bin ein Meter achtzig lang und brachte es zur Not fertig. Einer, der nur um weniges kleiner ist, würde es nicht mehr schaffen. Und so hatte ich alle Ursache anzunehmen, daß man, sollte einer Ihrer Studenten eine so ausgefallene Körpergröße besitzen, ihn am ehesten aufs Korn nehmen müsse. Als wir hier eintraten, zog ich Sie über meine Vermutungen, soweit sie den kleinen Seitentisch betrafen, ins Vertrauen. Mit dem Mitteltisch konnte ich zunächst nichts anfangen. Erst als Sie bei Ihrer Personalbeschreibung erwähnten, Gilchrist sei ein besonders guter Weitspringer, wurde mir schlagartig alles klar. Ich bedurfte nur noch einiger mithelfender Beweisstücke, die ich mir schnellstens verschaffte.

Es hat sich also folgendermaßen abgespielt: Dieser junge Herr brachte den Nachmittag auf dem Sportplatz zu. Als er zurückkehrte, trug er seine Springschuhe, die, wie Sie wissen, mit einigen Spikes versehen sind, in der Hand. Er kam an Ihrem Fenster vorbei und erblickte, da er fast ein Meter neunzig mißt, auch die Papiere auf Ihrem Schreibtisch. Es wäre dies ohne erhebliche Konsequenzen geblieben, hätte er danach nicht den Schlüssel in Ihrer Tür bemerkt, den Ihr Diener nachlässigerweise dort hatte steckenlassen. Einem plötzlichen inneren Antrieb folgend, trat der junge Mann ein, um sich zu überzeugen, ob es wirklich die Prüfungsvorlagen waren. Sein Eindringen schien ihm nicht gefährlich, denn er konnte sich ja jederzeit darauf hinausreden, daß er den Professor etwas habe fragen wollen. Nun, da er die griechischen Textvorlagen tatsächlich als solche erkannte, erlag er der Versuchung. Er stellte seine Schuhe neben sich auf den Tisch und . . . ach, richtig: Was haben Sie auf den Stuhl dort drüben gelegt?«

»Handschuhe!« erwiderte Gilchrist.

Triumphierend sah mein Freund den Famulus an.

»Seine Handschuhe also legte er auf den Sessel und ergriff ein Prüfungsblatt nach dem anderen, um den Text abzuschreiben. Da er damit rechnete, der Professor werde den Haupteingang benutzen, hoffte er, dessen Rückkehr rechtzeitig beobachten und Reißaus nehmen zu können. Nun ist aber Mr. Soames bekanntlich zur Seitenpforte hereingekommen, und der Missetäter hörte seinen Lehrer erst, als dieser schon an der Zimmertür war. Das heißt, es gab kein Entrinnen mehr für Gilchrist. Gerade eben gelang es ihm noch, im Schlafzimmer zu verschwinden, er vergaß jedoch in der Eile seine Handschuhe. Sicher haben Sie bemerkt, daß der Riß in der Tischplatte sich nach der Schlafzimmertür hin vertieft und verbreitert. Das allein würde schon darauf hinweisen, daß die Schuhe in dieser Richtung weggezogen wurden, weil der junge Mann dort Zuflucht suchte. Wahrscheinlich löste sich dabei von dem Spike, der den Kratzer verursachte, das besagte Erdklümpchen. Und im Nebenzimmer fiel dann ein zweites auf den Boden. Ich darf hinzufügen, daß ich heute früh zum Sportgelände hinausgewandert bin, wo ich mich überzeugen konnte, daß eben jener schwarze Lehm in der Sprunggrube verwendet wird. Ich nahm ein Teilchen davon mit mir. Es ist ebenfalls mit dem feinen Sägemehl durchsetzt, das man über die Masse streut, um ein Ausgleiten der Springer zu verhüten ... Habe ich in allem die Wahrheit gesagt, Mr. Gilchrist?«

Der Student stand nun wieder aufrecht vor uns.

»Ja, Sir, es stimmt genau«, bestätigte er.

»Gütiger Gott!« rief Soames entsetzt aus. »Und sonst haben Sie nichts hinzuzufügen?«

»Doch, Herr Professor. Der Schrecken über die Bloßstellung hat mich nur vollständig verwirrt. Ich habe einen Brief bei mir, Professor Soames, den ich heute im Morgengrauen nach einer schlaflosen Nacht an Sie schrieb. Noch bevor ich wußte, daß meine Schandtat entdeckt wurde. Hier ist er, Sir, Sie werden darin lesen, daß ich mich entschied, mich nicht um das Stipendium zu bewerben. Man hat mir eine Stellung bei der Polizei in Rhodesien angeboten. Ich will sofort meine Reise nach Südafrika antreten.«

»Mir fällt ein Stein vom Herzen, daß Sie sich doch noch eines Besseren besannen und die Vorteile, die Ihnen Ihre häßliche Handlungsweise eingebracht hätte, nicht mehr zu nutzen gedachten. Aber was vermochte Sie plötzlich wieder umzustimmen?«

»Dieser Mann hat mich wieder auf den rechten Weg geführt!« antwortete der Student und deutete auf Bannister.

Und erneut wandte sich Holmes an diesen:

»Aus meinem den Tatsachen entsprechenden Bericht geht eindeutig hervor, daß Sie allein über die Möglichkeiten verfügten, den jungen Mann hinauszulassen. Denn Sie waren in Mr. Soames' Zimmer zurückgeblieben und mußten, sobald Sie fortgingen, die Tür hinter sich abschließen. Daß der Eindringling durchs Fenster das Weite gesucht hätte, ist kaum glaubhaft. Möchten Sie jetzt nicht diesen letzten Punkt aufklären, Bannister, und uns den Grund angeben, warum Sie dem jungen Mann zur Flucht verhalfen?«

»Das herauszufinden wäre höchst einfach für Sie gewesen, Sir, hätten Sie nur die Begleitumstände gekannt. Aber Sie wußten nichts davon, und bei all Ihrer Klugheit konnten Sie darauf nicht kommen. Es hat eine Zeit gegeben, da war ich Butler beim alten Sir Jabez Gilchrist, dem Vater dieses jungen Herrn. Als er sein Vermögen verlor, kam ich als Famulus hier an die Universität. Aber meinen alten Herrn deshalb vergessen, das brachte ich nicht fertig. Wenigstens den einen Dienst wollte ich ihm zum Segen seiner späten Tage noch erweisen, daß ich seinen Sohn betreute und für ihn sorgte. Ja, Sir, es war schon so. Als ich gestern vom Herrn Professor in dieses Zimmer gerufen wurde, sah ich als erstes Mr. Gilchrists Handschuhe! Ich kannte sie nur zu gut und machte mir nichts vor darüber, was dies zu bedeuten hatte. Nicht auszudenken, was geschehen wäre, wenn Professor Soames sie entdeckt hätte. Deshalb ließ ich mich auf den Sitz fallen und wäre um alles in der Welt nicht wieder aufgestanden, ehe Professor Soames den Raum verlassen hatte, um Sie aufzusuchen. Und dann kam mein armer junger Herr aus dem Nebenzimmer heraus und beichtete mir alles. War es nicht ganz natürlich, daß ich ihn zu retten trachtete, Sir? Und ebenso selbstverständlich, daß ich ihm ins Gewissen redete, wie es sein seliger Vater getan hätte? Ich wies ihn darauf hin, daß eine solche Tat nimmermehr gesunde Früchte tragen könnte. Dürfen Sie mich dafür tadeln, Sir?«

»Nein, bestimmt nicht!« antwortete Sherlock Holmes herzlich und stand rasch auf. »Nun, ich glaube, Mr. Soames, wir haben unsere kleine Gerichtssitzung lange genug ausgedehnt. Das Gewitter zog vorüber, der Himmel ist wieder klar, und unser Frühstück wartet zu Hause. Kommen Sie, Watson, Sie haben sicher einen Bärenhunger! Und Ihnen, mein junger Herr, steht hoffentlich eine glänzende Zukunft in Rhodesien bevor. Sind Sie auch einmal tief gefallen, fortan werden Sie uns zeigen, wie hoch Sie steigen können.«

London im Nebel

In der dritten Novemberwoche des Jahres 1895 lastete dicker gelber Nebel über London. Ich glaube kaum, daß es von Montag bis Donnerstag überhaupt möglich war, von unseren Fenstern in der Baker Street die Häuser auf der anderen Straßenseite zu erkennen.

Den ersten dieser Nebeltage hatte Holmes damit zugebracht, den Index seines mehrbändigen Verbrecheralbums zu vervollständigen; der zweite und dritte gingen gemächlich dahin, indem er sich seinem neuesten Hobby widmete – der alten Musik. Aber als wir zum vierten Mal, nach dem Frühstück, die dichten, schweren, braunen Wolkenmassen über uns lasten sahen, da war es aus: Die ungeduldige Natur meines Freundes konnte dieses monotone Dasein nicht länger ertragen. Er lief rastlos, fiebernd vor zurückgestauter Energie kreuz und quer in unserem Wohnzimmer herum, kaute an seinen Fingernägeln, stieß sich an den Möbeln und rebellierte gegen das Gesetz der Trägheit.

»Nichts Interessantes in der Zeitung, Watson?« fragte er.

Ich wußte zu gut, daß er unter »etwas Interessantem« nur ein Ereignis auf kriminellem Gebiet meinen konnte. Nun, es gab zwar die Meldung über eine Revolution, über einen möglichen Krieg, einen wichtigen Regierungswechsel – aber das lag außerhalb von Holmes' eigentlicher Sphäre. Ich konnte keinerlei Notiz finden, die sich auf ein Verbrechen bezog, außer alltäglichen Bagatellen. Holmes seufzte und setzte seine Zickzackwanderung fort.

»Die Londoner Unterwelt muß voller Dummköpfe sein«, sagte er in dem verdrießlichen Ton eines Sportlers, der Pech im Spiel gehabt hat. »Werfen Sie mal einen Blick aus dem Fenster, Watson. Schauen Sie sich das an, wie da Gestalten auftauchen, kaum erkennbar, und wieder im Nebelmeer verschwimmen. Ein Dieb oder ein Mörder könnte an solch einem Tag London durchstreifen wie der Tiger den Dschungel, unbemerkt bis zum Angriff, und auch dann nur für sein Opfer sichtbar.«

»Es gab zahlreiche kleine Diebstähle«, warf ich ein.

Holmes drückte seine Verachtung durch ein Knurren aus.

»Diese großartige, finstere Bühne wartet auf ein größeres Schauspiel«, sagte er. »Die Londoner Bevölkerung kann froh sein, daß ich kein Verbrecher bin.«

»Wie recht Sie haben!« stimmte ich aufrichtig zu.

»Nehmen Sie einmal an, ich wäre Brooks oder Woodhouse oder ein anderer von den rund fünfzig Männern, die guten Grund haben, mir nach dem Leben zu trachten – wie lange könnte ich meinem Verfolger entgehen? Eine fingierte Einladung, eine falsche Verabredung, und alles wäre vorbei. Bei Gott! Hier kommt endlich etwas, das vielleicht die tödliche Langeweile unterbricht.«

Es war das Mädchen mit einem Telegramm. Holmes riß es auf und lachte laut. »Herrlich! Na, was meinen Sie?« fragte er. »Bruder Mycroft kommt.«

»Warum auch nicht?«

»Warum nicht, fragen Sie noch! Das ist ungefähr so, als würden Sie eine Straßenbahn eine Dorfstraße entlangfahren sehen. Mycroft hat seine eigenen Gleise, auf denen bewegt er sich. Seine Wohnung in der Pall Mall, der Diogenes Club, Whitehall – das ist sein Revier. Nur ein einziges Mal ist er hier gewesen. Welches Ereignis kann ihn bloß aus dem Gleis gebracht haben?«

»Schreibt er darüber nichts?«

Holmes reichte mir die Nachricht seines Bruders. Ich las: MUSS DICH WEGEN CADOGAN WEST SEHEN. BIN AUF DEM WEG. MYCROFT. »Cadogan West...? Den Namen habe ich schon einmal gehört.«

»In mir bringt er nichts zum Klingen. Aber daß Mycroft so unvermutet ausbricht! Genausogut könnte ein Planet seine Bahn verlassen. Übrigens, wissen Sie eigentlich, was Mycroft von Beruf ist?«

Ich hatte eine vage Erinnerung, daß ich damals, als wir uns mit dem Abenteuer des griechischen Dolmetschers befaßten, etwas davon gehört hatte.

»Sie haben mir erzählt, daß er irgendein kleines Amt bei der Regierung bekleidet.«

Holmes kicherte. »In jenen Tagen kannte ich Sie noch nicht so gut. Man muß vorsichtig sein, wenn man über hohe Staatsgeschäfte spricht. Sie haben recht, wenn Sie glauben, daß er für die Regierung arbeitet. Und Sie würden ebenfalls in gewissem Sinne recht haben, wenn Sie sagen, daß er dann und wann die britische Regierung verkörpert.«

»Aber mein lieber Holmes!«

»Dachte mir schon, es würde Sie überraschen. Mycroft bezieht vierhundertfünfzig Pfund im Jahr, bleibt in untergeordneter Position, hat keinerlei Ambitionen und wird weder Ehren noch Titel ernten; und doch ist er der unentbehrlichste Mann in England.«

»Aber wie denn das?«

»Nun, seine Stellung ist einmalig. Er hat sie sich selbst geschaffen. Vorher hat es noch nie so etwas gegeben, noch wird er je einen Nachfolger haben. Von allen Menschen, die ich kenne, besitzt er den schärfsten und methodischsten Verstand und das beste Gedächtnis. Dieselben Gaben, die ich bei der Aufklärung von Verbrechen benutze, wendet er bei seiner Arbeit an. Die Beschlüsse jedes Regierungsbezirks werden ihm zugeleitet, und er bildet die zentrale Verbindungsstelle, die für das Gleichgewicht sorgt. Alle anderen Menschen sind Spezialisten, seine Spezialität ist Universalbildung. Nehmen Sie den Fall an, ein Minister benötigt eine Information über einen Vorgang, mit dem die Schiffahrt, Indien, Kanada und das internationale Währungssystem verquickt sind. Er könnte verschiedene Auskünfte von den verschiedenen Ämtern dafür anfordern und erhalten, aber nur Mycroft ist in der Lage, sie auf einen Nenner zu bringen und sofort zu sagen, wie jeder Faktor den anderen beeinflussen wird. Seine Laufbahn begann damit, daß man ihn als bequemen Hinweislieferanten benutzte – heute ist er unentbehrlich. In diesem überragenden Verstand hat jede Einzelheit ihren Platz und kann jederzeit hervorgeholt werden. Wieder und wieder hat sein Wort die Politik der Nation entschieden. Er lebt in ihr, geht in ihr auf. Hin und wieder, wenn ich ihn aufsuche, entspannt er sich – zum geistigen Training – und berät mich bei einem meiner kleinen Probleme. Heute nun steigt Jupiter zu mir Sterblichem herab! Was um Himmels willen mag das bedeuten? Wer ist Cadogan West und was hat Mycroft mit ihm eigentlich zu tun?«

»Ich hab's!« rief ich und wühlte auch schon in dem Wust von Zeitungen auf dem Sofa. »Ja, ja. Hier ist es, bestimmt! Cadogan West war der junge Mann, den man Donnerstag früh tot nahe bei der Untergrundbahn gefunden hat.«

Holmes richtete sich gespannt auf, die Pfeife auf halbem Weg zum Mund.

»Das muß eine ernste Sache sein, Watson. Ein Todesfall, der meinen Bruder veranlaßt, seine geheiligten Gewohnheiten zu brechen! Höchst anomal. Was in der Welt kann er damit zu tun haben? Der Fall blieb, soweit ich mich erinnere, ohne Nachspiel. Der junge Mann war offensichtlich aus dem Zug gefallen und hatte dabei den Tod gefunden. Er war nicht beraubt worden, und es gab keinen einleuchtenden Grund, einen Gewaltakt zu vermuten. Das stimmt doch?«

»Eine Untersuchung hat stattgefunden«, sagte ich, »und es sind eine Menge neuer Gesichtspunkte dazugekommen. Näher betrachtet, würde ich doch sagen: eine seltsame Geschichte!«

»Wenn man nach der Wirkung auf meinen Bruder urteilt, sogar sehr seltsam!« Er drückte sich tiefer in seinen Sessel und fügte murmelnd hinzu: »Lassen Sie doch mal die Fakten hören, Watson.«

»Der Mann hieß Cadogan West. Er war siebenundzwanzig Jahre alt, ledig und Angestellter im Waffenlager in Woolwich.«

»Also Staatsdienst. Da hätten wir schon die Verbindung zu Bruder Mycroft!«

»Er brach am Montag abend hastig von Woolwich auf und wurde zuletzt von seiner Verlobten, Miss Violet Westbury, gesehen. Von ihr trennte er sich unvermutet etwa gegen sieben Uhr dreißig abends, bei dichtem Nebel. Es hatte keinen Streit zwischen ihnen gegeben, und sie kann keinen Grund für sein Verhalten nennen. Das nächste, was man von ihm hörte, war, daß ein Schienenleger namens Mason seine Leiche eben außerhalb der Aldgate Station gefunden hatte.«

»Wann war das?«

»Um sechs Uhr morgens am Dienstag. Der Körper lag ausgestreckt auf den Schienen, und zwar linker Hand, wenn man in östlicher Richtung geht, ungefähr dort, wo die Züge aus dem Tunnel kommen. Sein Kopf war entsetzlich zugerichtet – diese Verletzung dürfte durchaus vom Sturz herrühren. Der Körper kann nur auf diese Weise auf die Gleise gelangt sein; denn wäre er von einer benachbarten Straße dorthin geschafft worden, hätte er die Stationsschranke passieren müssen, die ständig von einem Kontrolleur bewacht wird. Dies scheint absolut sicher festzustehen.«

»Sehr gut. Eindeutig genug. Der Mann – ob bereits tot oder noch am Leben – fiel jedenfalls oder wurde aus dem Zug gestoßen. Bis hierher ist mir alles klar. Fahren Sie fort.«

»Die Züge, die dort, wo die Leiche gefunden wurde, über die Gleise rollen, fahren auf der Ost-West-Achse. Einige sind reine Stadtzüge, andere kommen von Willesden und außengelegenen Knotenpunkten. Man kann es als sicher annehmen, daß der junge Mann aus einer dieser Richtungen kam, als er den Tod fand. Aber wo er den Zug bestieg, läßt sich nicht feststellen.«

»Das würde doch der Fahrschein verraten.«

»Man fand keinen Fahrschein in seinen Taschen.«

»Keinen Fahrschein? Aber, Watson, das ist wirklich merkwürdig. Nach meinen Erfahrungen ist es eine Sache der Un-
möglichkeit, ohne Fahrschein auf einen Bahnsteig der Me-
tropolitan-Linie zu gelangen. Nehmen wir also an, der junge
Mann habe einen besessen – hat man ihn ihm weggenom-
men, um seinen Ausgangspunkt zu verwischen? Eine Möglichkeit. Oder hat er ihn während der Fahrt verloren? Eine
zweite. Dieser Punkt ist von besonderem Interesse. Sie sagten, nichts deutet auf einen Raubüberfall hin?«

»Offenbar nein. Hier gibt es ein Verzeichnis seiner Sachen.
Im Portemonnaie hatte er zwei Pfund und fünfzehn Shilling,
außerdem trug er ein Scheckheft auf das Konto bei der
Counties Bank in Woolwich bei sich. Dadurch ließ sich
überhaupt erst seine Identität feststellen. Ferner fand man
zwei Theaterkarten für den ersten Rang im Woolwich-Thea-
ter, und zwar für den fraglichen Abend. Dann nur noch einige technische Papiere.«

Holmes stieß einen befriedigten Laut aus.

»Na endlich, Watson! Englische Regierung – Waffenlager in
Woolwich – technische Papiere – Bruder Mycroft. Die Kette
ist geschlossen. Aber da kommt er auch schon, wenn ich
nicht irre, und wird selbst berichten.«

Einen Augenblick später trat der große, behäbige Mycroft
Holmes in unser Zimmer. Er war massig gebaut, und man
mochte zunächst den Eindruck von körperlicher Schwerfäl-
ligkeit gewinnen. Doch diese Figur krönte ein Kopf, so ma-
jestätisch im Ausdruck, so wach mit den stahlblauen Augen,
dem festen Mund, so intelligent, daß man in der nächsten
Sekunde den plumpen Körper vergessen hatte und nur noch
den beherrschenden Geist sah. Ihm auf den Fersen folgte
schmächtig und düster unser alter Freund Lestrade, Inspektor von Scotland Yard. Der Ernst auf beiden Gesichtern kündigte Unheil an. Lestrade schüttelte uns wortlos die Hand.
Mycroft Holmes schälte sich etwas mühsam aus seinem
Mantel und ließ sich in einen Sessel sinken.

»Eine sehr unangenehme Geschichte, Sherlock«, sagte er.

»Ich hasse es – wie du weißt – in höchstem Maße, mich in meinen Gewohnheiten stören zu lassen, aber die betreffenden Stellen würden keine Absage hinnehmen. So, wie es zur Zeit mit Siam aussieht, kann ich mein Büro eigentlich keine Minute im Stich lassen. Es handelt sich aber um eine wirkliche Krise. Ich habe den Premierminister noch nie so ratlos erlebt. Und das Marineministerium – na, da geht's zu wie in einem umgestülpten Bienenkorb. Hast du über den Fall gelesen?«

»Wir sind gerade damit fertig. Was waren das für technische Aufzeichnungen?«

»Ah, das ist ja gerade der Punkt! Glücklicherweise ist darüber nichts weiter öffentlich bekanntgeworden. Die Presse würde rasen. Die Dokumente, die dieser unglückselige Junge in der Tasche hatte, waren die Pläne für das Bruce-Partington-Unterseeboot.«

Mycroft Holmes sprach mit solch feierlichem Gesicht, daß man fühlte, welche Bedeutung er der Sache beimaß. Sein Bruder und ich lauschten erwartungsvoll.

»Du hast doch bestimmt davon gehört? Ich dachte, jeder weiß davon.«

»Es ist für mich nur ein Name.«

»Nun, die Bedeutung dieser Pläne kann gar nicht stark genug betont werden. Strengstes Geheimnis der Regierung! Du kannst mir aufs Wort glauben, daß innerhalb der Reichweite eines Bruce-Partington kein Seegefecht geführt werden kann. Vor zwei Jahren konnte man eine hohe Summe aus dem Haushaltsplan herausschmuggeln und damit das Monopol für diese Erfindung erwerben. Man hat alles getan, das Geheimnis zu wahren. Die Pläne sind äußerst verwickelt und enthalten noch etwa dreißig andere Patente, die, jedes für sich, für das Ganze wichtig sind. Sie werden in dem kunstvoll gesicherten Safe eines vertrauenswürdigen Amtes, das mit dem Waffenlager zusammenhängt, aufbewahrt. Der betreffende Raum ist an Fenstern und Türen einbruchssicher. Unter keinerlei denkbaren Umständen durfte man die Pläne aus diesem Büro entfernen. Wollte der Chef-konstrukteur der Marine sie sehen, war er gezwungen, sich in das Büro in Woolwich zu bemühen. Und trotzdem finden wir sie jetzt hier in der Tasche eines toten jungen Angestellten, mitten im Herzen Londons. Aus staatlicher Sicht ist das einfach eine Katastrophe.«

»Ihr habt sie aber doch wieder?«

»Nein, Sherlock, eben nicht! Das ist ja das Unglück. Wir haben sie nicht. Hör zu: Zehn Dokumente wurden aus Woolwich gestohlen. Sieben davon fand man in den Taschen von Cadogan West. Die drei wichtigsten sind weg – verschwunden. Du mußt alles stehen- und liegenlassen, Sherlock, und auf deine üblichen Kriminalpossen verzichten. Hier geht es um ein lebenswichtiges internationales Problem, das du lösen mußt. Wie gelangte Cadogan West zu den Papieren? Wo sind die fehlenden drei? Wie starb er? Wie gelangte seine Leiche dorthin, wo sie gefunden wurde? Wie kann man die Katastrophe abwenden? Finde die Antwort auf all diese Fragen und du hast unserem Land einen großen Dienst erwiesen.«

»Weshalb löst du das Problem nicht selbst, Mycroft? Du bist ebensowenig kurzsichtig wie ich.«

»Möglich, Sherlock, aber hier geht es darum, Einzelheiten in die Hand zu bekommen. Berichte mir, was du gefunden hast, und ich werde dir vom Sessel aus ein wunderbares, fachmännisches Urteil abgeben. Aber hierhin und dorthin laufen, Bahnhofsschaffner mit Fragen durchlöchern, mit dem Gesicht auf dem Boden und der Lupe vor den Augen auf der Erde liegen – das ist nicht mein *métier*. Nein, du bist der einzige Mensch, der den Fall lösen kann. Wenn du Lust hast, deinen Namen auf einer der nächsten Dekorierungslisten zu finden . . .«

Mein Freund schüttelte lächelnd den Kopf.

»Ich spiele das Spiel um des Spieles willen, wie du weißt«, sagte er. »Ich hätte schon Lust, mir das Ganze näher anzusehen. Aber bitte noch ein paar Fakten.«

»Die wesentlichsten habe ich hier auf diesem Blatt notiert, dazu ein paar Adressen, die dir nützlich sein werden. Der derzeitige offizielle Hüter dieser Dokumente ist der berühmte Regierungsexperte Sir James Walter. Allein seine Orden und Untertitel füllen zwei Zeilen eines Nachschlagewerkes. Er ist im Dienst grau geworden, ein Gentleman vom Scheitel bis zur Sohle, gern gesehen in den besten Häusern und darüber hinaus ein Mann, an dessen patriotischer Treue nicht gezweifelt werden kann. Er ist eine der beiden Personen, die einen Schlüssel zum Safe haben. Übrigens kann ich noch hinzufügen, daß die Papiere sich während der Dienststunden am Montag ganz bestimmt im Safe befunden haben und daß Sir James den Schlüssel mitnahm, als er um drei Uhr nach London aufbrach. Er verbrachte den ganzen Abend bei Admiral Sinclair, Barclay Square, während sich das alles abspielte.«

»Gibt es Zeugen dafür?«

»Ja, sein Bruder, Albert Valentine Walter, hat seine Abfahrt von Woolwich bezeugt, und Admiral Sinclair seine Ankunft in London. Damit ist Sir James sozusagen von der Liste gestrichen.«

»Wer ist der andere, der einen Schlüssel hat?«

»Der Seniorangestellte und technische Zeichner, Mr. Sidney Johnson. Ein Mann von etwa vierzig Jahren, verheiratet, fünf Kinder. Ein schweigsamer, mürrischer Mensch, aber alles in allem mit dem besten Leumund im Staatsdienst. Bei seinen Kollegen ist er nicht beliebt, aber ein zäher Arbeiter. Seiner Aussage nach – sie wird nur durch seine Frau bestätigt – war er den ganzen Montagabend nach Dienstschluß zu Hause, und sein Schlüssel ist keinen Augenblick lang von seiner Uhrkette weggekommen.«

»Erzähl uns jetzt von Cadogan West.«

»Er ist seit zehn Jahren im Büro und hat gut gearbeitet. Er soll ein Hitzkopf gewesen sein, aber dabei ein gerader, ehrlicher Kerl. Bei uns liegt nichts gegen ihn vor. Stellungsmäßig rangierte er gleich nach Sidney Johnson. Seine Aufgaben im

Büro brachten ihn täglich in Kontakt mit den Plänen. Kein anderer konnte an sie heran.«

»Wer schloß an diesem Abend die Pläne ein?«

»Mr. Sidney Johnson.«

»Nun, es ist sicherlich klar, wer die Papiere entfernt hat. Sie sind schließlich bei dem jüngeren Angestellten, Cadogan West, gefunden worden, und das scheint ja eindeutig genug zu sein, oder?«

»Das ist es, Sherlock, und doch bleibt noch vieles unverständlich. Zunächst einmal: Warum nahm er sie dann überhaupt?«

»Ich denke, sie sind so wertvoll?«

»Er hätte mehrere tausend Pfund dafür bekommen können.«

»Kannst du mir dann irgendeinen anderen plausiblen Grund nennen, warum er sie nach London mitnahm, als den, daß er sie verkaufen wollte?«

»Ich wüßte keinen.«

»Dann müssen wir zunächst diese Annahme als Arbeitshypothese wählen. Also: Der junge West stahl die Dokumente. Das konnte er nur mit einem Nachschlüssel . . .«

»Mehreren Nachschlüsseln. Er mußte ja die Haus- und die Bürotür öffnen.«

»Schön. Er hatte also mehrere Nachschlüssel. Er nahm die Pläne mit, um das Geheimnis zu verkaufen. Natürlich hatte er vor, die Papiere am nächsten Morgen wieder in den Safe zurückzulegen, ehe jemand sie vermißt haben konnte. Während er seinen verräterischen Plan in London verfolgte, fand er den Tod.«

»Wie?«

»Ich möchte annehmen, er befand sich bereits auf der Rückreise nach Woolwich, als er getötet und aus dem Abteil gestoßen wurde.«

»Die Aldgate Station – da wurde die Leiche ja gefunden – liegt ein gutes Stück hinter London Bridge, wo er doch nach Woolwich hätte umsteigen müssen.«

»Es gibt eine Menge Gründe, warum er bei London Bridge

durchgefahren ist. Vielleicht war jemand im Abteil, der ihn in ein fesselndes Gespräch verwickelte. Dieses Gespräch führte zu Handgreiflichkeiten, wobei er ums Leben kam. Oder er hat versucht, den Waggon zu verlassen, fiel dabei auf die Schienen und fand so den Tod. Der andere schloß schlicht die Tür. Es war dichter Nebel, und man konnte kaum die Hand vor den Augen sehen.«

»Bei unserem augenblicklichen Wissen läßt sich keine bessere Erklärung finden. Und doch, Sherlock, bedenke, wie viele Punkte du unberücksichtigt gelassen hast. Wir wollen ruhig einmal annehmen, der junge West hatte wirklich vor, die Dokumente nach London zu bringen. Natürlich hätte er dann mit dem fremden Agenten eine Verabredung getroffen und sich den Abend freigehalten. Aber was tut er? Er kauft zwei Theaterkarten, begleitet seine Verlobte den halben Weg lang und verschwindet plötzlich von der Erdoberfläche.«

»Ein Täuschungsmanöver«, sagte Lestrade, der der Unterhaltung etwas ungeduldig zugehört hatte.

»Ein sehr seltsames. Das wäre Punkt eins. Nun Punkt zwei: Wir wollen wiederum annehmen, er kommt in London an und trifft den Agenten. Er muß die Pläne bis zum nächsten Morgen zurückgebracht haben – oder ihr Verschwinden wird entdeckt. Zehn hat er genommen, nur sieben hat man gefunden. Was ist aus den restlichen geworden? Freiwillig würde er sie bestimmt nicht zurückgelassen haben. Dann – wo bleibt der Lohn für seinen Verrat? Man hätte erwarten können, einen schönen Batzen Geld in seinen Taschen zu finden.«

»Mir ist die ganze Geschichte völlig klar«, sagte Lestrade. »Ich bezweifle keinen Augenblick, daß es sich folgendermaßen zugetragen hat: Er entwendete die Dokumente, um sie zu verkaufen. Traf den Agenten. Sie konnten sich über den Preis nicht einigen. Er machte sich wieder auf den Heimweg, der Agent folgte ihm. Im Zug brachte dieser ihn um, nahm die wichtigsten Papiere an sich und stieß die Leiche aus dem Abteil. Das würde doch alles erklären, nicht?«

»Weshalb hatte er keine Fahrkarte bei sich?«

»Die Karte hätte verraten, in welcher Gegend die Wohnung des Agenten liegt. Deshalb nahm er sie aus der Tasche des Toten.«

»Gut, Lestrade, sehr gut«, sagte Holmes. »Ihre Theorie hat Hand und Fuß. Wenn sie stimmt, ist der Fall geklärt. Aber einerseits ist der Verräter tot, und andererseits befinden sich die Bruce-Partington-Pläne wahrscheinlich bereits auf dem Kontinent. Was sollen wir also tun?«

»Handeln, Sherlock, handeln!« rief Mycroft, indem er aufsprang. »Ich wehre mich mit jeder Faser gegen diese Erklärung. Nutze deine Fähigkeiten! Geh zum Ort des Verbrechens! Sieh dir die Leute an, die damit in Verbindung stehen. Laß keinen Stein auf dem andern! In deiner ganzen Laufbahn hast du noch nie eine solche Chance gehabt, deinem Land zu dienen.«

»Schon gut, schon gut«, sagte Holmes beschwichtigend. »Dann kommen Sie, Watson. Und wie ist es mit Ihnen, Lestrade, wollen Sie uns für ein, zwei Stunden mit Ihrer Gesellschaft erfreuen? Wir werden damit beginnen, daß wir die Aldgate Station aufsuchen. Adieu, Mycroft, ich erstatte noch vor Abend Bericht, warne dich jedoch schon im voraus. Du hast wenig zu erwarten.«

Eine Stunde später standen Holmes, Lestrade und ich an der Stelle der Untergrundbahngleise, wo sie unmittelbar vor der Aldgate Station aus dem Tunnel kommen. Ein freundlicher, rotbäckiger alter Herr vertrat die Bahngesellschaft.

»Sehen Sie, da lag die Leiche des jungen Mannes«, sagte er, indem er auf eine Stelle, etwa zweieinhalb Meter von den Schienen entfernt, deutete. »Sie kann nicht von oben heruntergefallen sein, denn da sind lauter blinde Wände, wie Sie bemerken. Sie muß also aus dem Zug gestürzt sein, und dieser Zug muß – soweit wir feststellen können – Montag Mitternacht hier durchgekommen sein.«

»Hat man die Waggons untersucht, ob Zeichen von einem Kampf zu finden sind?«

»Es gab nirgends solche Spuren, und einen Fahrschein hat man auch nicht gefunden.«

»Kein Hinweis, daß eine Tür offengestanden hat?«

»Nichts.«

»Heute früh haben wir eine neue Meldung bekommen«, sagte Lestrade. »Ein Fahrgast, der um elf Uhr vierzig bei Aldgate mit einem Metropolitanzug durchgefahren ist, hat berichtet, er habe einen schweren Aufprall gehört, so, als wäre ein Körper auf die Gleise aufgeschlagen, gerade ehe der Zug die Station erreichte. Es war ja dichter Nebel, und man konnte nichts sehen. Zunächst hat er auch keine Meldung gemacht. Was ist denn mit Mr. Holmes los?«

Mein Freund stand vor den Gleisen und starrte sie an, genau an der Stelle, wo sie aus dem Tunnel herausführten. Aldgate ist ein Knotenpunkt, und so gibt es hier ein ganzes Spinnennetz von Linien. Darauf waren seine Augen gerichtet, konzentriert, wach, prüfend. Ich bemerkte das Aufeinanderpressen der Lippen in dem scharfen, gespannten Gesicht, das Beben der Nasenflügel, das scharfe Zusammenziehen der Brauen – Anzeichen, die ich so gut kannte.

»Weichen«, murmelte er vor sich hin, »Weichen.«

»Was ist damit? Was meinen Sie?«

»Ich nehme an, bei einer Anlage wie dieser gibt es wohl nicht sehr viele Weichen?«

»Nein, nur sehr wenige.«

»Und eine Kurve, das auch ... Weichen und eine Kurve. Mein Gott, wenn's doch wahr wäre!«

»Was – was denn, Mr. Holmes? Haben Sie eine Spur?«

»Eine Idee, einen Hinweis, mehr nicht. Aber der Fall erscheint zusehends interessanter. Einzigartig – völlig einzigartig. Und doch – warum nicht *doch*? Ich kann keinerlei Blutflecke auf den Gleisen feststellen.«

»Es gab so gut wie keine.«

»Aber ich hörte doch, daß er erheblich verletzt wurde?«

»Die Knochen waren zerquetscht, aber es gab keine größeren Wunden an der Außenseite des Körpers.«

»Und doch hätte man mit einem beträchtlichen Blutverlust rechnen müssen. Ließe es sich machen, daß ich mir den Zug ansehe, in dem der Gast saß, der den Aufschlag gehört hat?«

»Ich fürchte, das wird nicht gehen. Mr. Holmes. Der Zug ist vorhin auseinanderrangiert und die einzelnen Waggons sind neu zusammengestellt worden.«

»Ich kann Ihnen versichern, Mr. Holmes, daß jeder Waggon sorgsam untersucht worden ist«, sagte Lestrade. »Ich habe mich selbst darum gekümmert.«

Es war immer schon eine der größten Schwächen meines Freundes, daß er bei jedem, der ihm geistig nicht gleichkam, leicht ungeduldig wurde.

»Ja, ja. Schon möglich«, sagte er, indem er sich abwandte, »aber es handelt sich dabei ja nicht um die Wagen, die ich sehen möchte! Watson, wir haben hier alles erledigt, was es zu erledigen gab. Wir brauchen Sie nicht weiter zu bemühen, Mr. Lestrade. Ich glaube, wir sollten uns jetzt nach Woolwich begeben.«

Bei London Bridge setzte Holmes ein Telegramm an seinen Bruder auf. Er zeigte es mir, ehe er es aufgab: SEHE EINEN LICHTSCHIMMER. VIELLEICHT TRÜGERISCH. SCHICK INZWISCHEN DURCH BOTEN VOLLSTÄNDIGE LISTE MIT NAMEN ALLER AUSLÄNDISCHEN SPIONE ODER INTERNATIONALEN AGENTEN, DIE IN ENGLAND BEKANNT. GENAUE ADRESSENANGABE. – SHERLOCK.

»Das könnte uns weiterhelfen, Watson«, sagte er, als wir im Zug nach Woolwich Platz nahmen. »Wir schulden Bruder Mycroft wirklichen Dank, daß er uns mit einem Fall bekannt gemacht hat, der außergewöhnlich zu sein verspricht.« Sein hageres Gesicht zeigte noch immer den Ausdruck gesteigerter Energie, der mir verriet, daß ein bedeutungsvoller Umstand seinem Geist neuen Auftrieb gegeben hatte. Man vergleiche etwa einen Jagdhund mit hängenden Ohren und eingeklemmtem Schwanz, der am Rinnstein herumlungert –

mit dem, der mit funkelnden Augen und gespannten Muskeln einer Fährte folgt; eine solche Wandlung war bei Holmes seit dem Morgen eingetreten. Wo war der schlaffe, lustlose Mensch im mausgrauen Morgenmantel geblieben, der noch ein paar Stunden zuvor in dem nebelumhüllten Zimmer herumlungerte?

»Hier haben wir Fakten. Hier sind Ansatzpunkte!« sagte er. »Zu dumm von mir, das nicht früher erkannt zu haben.«

»Ich verstehe noch überhaupt nichts.«

»Die Lösung liegt für mich genauso im dunkeln, aber ich habe eine Idee, die uns vielleicht weiterbringen wird: Der Mann fand seinen Tod an anderem Ort – auf dem Dach des Eisenbahnwagens war seine *Leiche*.«

»Auf dem *Dach*?«

»Bemerkenswert, nicht wahr? Aber beachten Sie bitte die Tatsache: Ist es ein Zufall, daß die Leiche dort gefunden wurde, wo der Zug ruckelt und hin und her schwankt, während er die Weiche passiert? Ist das nicht genau die Stelle, wo man annehmen sollte, daß ein Gegenstand, der sich auf dem Dach des Waggons befindet, herunterfällt? Im Innern des Zuges könnte einem das Schlingern nichts anhaben. Die Leiche fiel also entweder vom Dach, oder es handelt sich um ein höchst seltsames Zusammentreffen verschiedener Faktoren. Und denken Sie jetzt bitte einmal an das Blut. Natürlich kann es keine Blutspuren auf den Gleisen geben, wenn der Körper woanders geblutet hat. Jeder einzelne Punkt leuchtet ein – alle zusammen gewinnen noch mehr an Überzeugungskraft.«

»Und dann noch der Fahrschein!«

»Stimmt. Wir konnten uns das Fehlen des Billetts nicht erklären. Das hier würde die Lösung sein. Alles fügt sich ineinander.«

»Aber angenommen, das stimmt wirklich alles, so sind wir doch immer noch genauso weit davon entfernt, das Geheimnis seines Todes zu lösen. Es wird dadurch ja nicht einfacher, sondern schwieriger!«

»Vielleicht!«, meinte Holmes versonnen, »vielleicht.« Er versank in träumerisches Schweigen, das er beibehielt, bis der langsame Zug endlich in die Station Woolwich einlief. Dort winkte Sherlock eine Kutsche herbei und zog Mycrofts Notizen aus der Tasche.

»Wir haben eine kleine Reihe von Nachmittagsbesuchen vor uns«, sagte er. »Ich glaube, Sir James Walter sollte unsere erste Aufmerksamkeit gebühren.«

Das Haus des berühmten Staatsmannes war eine schöne Villa. Grüne Rasenflächen erstreckten sich bis zur Themse hinab. Als wir dort anlangten, lichtete sich der Nebel, und eine schwache Sonne brach durch. Auf unser Klingeln erschien der Butler.

»Sir James, Sir?« sagte er ernst, »Sir James ist heute morgen entschlafen.«

»Mein Gott!« rief Holmes überrascht. »Woran ist er gestorben?«

»Vielleicht möchten Sie hereinkommen, Sir, und mit seinem Bruder, Colonel Valentine, sprechen?«

»Ja, das ist sicher das beste.«

Wir wurden in ein dämmeriges Wohnzimmer geführt, wo sich einen Augenblick später ein sehr großer, gutaussehender Mann mit hellem Bart, ungefähr fünfzig Jahre alt, zu uns gesellte: der jüngere Bruder des toten Wissenschaftlers. Die wilden Augen, die fleckigen Wangen, das unordentliche Haar – alles das zeugte von dem plötzlichen Schlag, der das Haus getroffen hatte. Man konnte seine Worte kaum verstehen.

»Dieser schreckliche Skandal«, sagte er. »Mein Bruder, Sir James, war ein Mann von sehr empfindlichem Ehrgefühl. Er konnte diese Sache nicht überleben. Es hat ihm das Herz gebrochen. Er war immer so stolz über die Tüchtigkeit seiner Abteilung – das war ein vernichtender Schlag . . .«

»Wir hofften auf einige Hinweise von ihm, die uns weiterhelfen könnten.«

»Ich versichere Ihnen, das Ganze war ihm genauso ein Rätsel wie Ihnen und uns anderen. Alles, was er wußte, hatte er bereits der Polizei mitgeteilt. Natürlich hatte er keine Zweifel, daß Cadogan West schuldig war. Ansonsten begriff er nichts.«

»Sie können uns auch keinen neuen Gesichtspunkt nennen?«

»Ich selbst weiß nichts, als was ich gelesen oder gehört habe. Ich möchte nicht unhöflich sein, Mr. Holmes, aber Sie verstehen sicher, daß hier zur Zeit ziemliche Unruhe herrscht, und deshalb darf ich Sie bitten, dies Interview schnell zu beenden.«

»Das ist allerdings eine völlig unerwartete Wendung«, sagte mein Freund, als wir wieder im Cab saßen. »Ich frage mich, ob es ein natürlicher Tod war oder ob der arme alte Kerl sich gar selbst umgebracht hat? Wenn Selbstmord – kann man dann darin ein Schuldbekenntnis sehen? Wegen Nachlässigkeit im Amt? Die Antwort auf diese Frage müssen wir der Zukunft überlassen. Wir wollen uns jetzt zu den Hinterbliebenen von Cadogan West begeben.«

Die so plötzlich ihres Sohnes beraubte Mutter lebte in einem kleinen, aber gut instand gehaltenen Haus; sie war durch den Schmerz zu sehr betäubt, um uns irgend von Nutzen sein zu können. Wir trafen bei ihr aber eine blasse junge Dame an, die sich als die Verlobte des Toten vorstellte: die letzte Person, die ihn an jenem unseligen Abend gesehen hatte.

»Ich kann es nicht erklären, Mr. Holmes«, sagte sie. »Ich habe seit dieser furchtbaren Tragödie kein Auge mehr geschlossen. Ich grüble Tag und Nacht, grüble und grüble, was wirklich hinter all dem steckt. Cadogan war der ehrlichste, der anständigste Mensch, den man sich vorstellen kann. Eher hätte er sich die rechte Hand abgehackt, als ein Staatsgeheimnis, das ihm anvertraut war, zu verraten. Für jeden, der ihn kannte, ist allein schon der Gedanke absurd, mehr als das – grotesk, unmöglich!«

»Aber die Tatsachen, Miss Westbury?«

»Ja, ja, ich gebe zu, ich finde dafür keine Erklärung.«

»Hatte er Geldsorgen?«

»Nein; er war in seinen Bedürfnissen sehr bescheiden und kam mit seinem Gehalt gut aus. Außerdem hatte er ein paar hundert Pfund gespart, und wir wollten zu Neujahr heiraten.«

»Gab es keine Zeichen einer seelischen Erschütterung? Bitte, Miss Westbury, seien Sie uns gegenüber vollkommen offen.«

Die scharfen Augen meines Freundes hatten eine Veränderung in ihrer Haltung wahrgenommen; sie errötete und zögerte.

»Doch«, sagte sie schließlich, »ich hatte das Gefühl, daß ihn etwas bedrückte.«

»Seit langem?«

»Ungefähr seit der letzten Woche. Er war so nachdenklich und bekümmert. Einmal fragte ich ihn, und er gab zu, daß er im Zusammenhang mit seiner Arbeit Sorgen habe. ›Es ist zu bedeutend, als daß ich darüber sprechen könnte – nicht einmal mit dir‹, sagte er. Ich konnte nichts weiter aus ihm herausbekommen.«

Holmes blickte sie ernst an. »Fahren Sie fort, Miss Westbury. Auch wenn's gegen ihn zu sprechen scheint – bitte, fahren Sie fort. Wir wissen nicht, wohin es uns bringt.«

»Ich habe wirklich nichts mehr zu berichten. Ein- oder zweimal schien es mir, als sei er drauf und dran, mir etwas zu sagen. An einem Abend sprachen wir über die Wichtigkeit von Geheimakten, und ich erinnere mich dunkel, daß er meinte, ausländische Spione würden wohl eine Menge dafür zahlen.«

Holmes' Gesicht wurde noch ernster.

»Sonst noch etwas?«

»Er sagte, wir seien zu nachlässig, und es müsse für einen Verräter ein leichtes sein, die Pläne zu bekommen.«

»Hat er solche Bemerkungen erst in der letzten Zeit gemacht?«

»Ja, erst kürzlich.«

»Erzählen Sie mir jetzt von dem letzten Abend.«

»Wir wollten ins Theater gehen. Der Nebel war so dicht, daß es keinen Sinn hatte, einen Wagen zu nehmen, deshalb gingen wir zu Fuß und kamen in der Nähe seines Büros vorbei. Plötzlich stürzte er in den Nebel davon und war verschwunden.«

»Ohne ein Wort?«

»Er stieß einen Schrei aus, das war alles. Ich wartete eine Zeitlang, aber er kam nicht zurück, also ging ich nach Haus. Am nächsten Morgen, nachdem das Büro geöffnet hatte, fragte man nach ihm. Gegen zwölf Uhr erfuhren wir die furchtbare Nachricht. Oh, Mr. Holmes, wenn Sie doch wenigstens seine Ehre retten könnten! Sie bedeutete ihm so viel!«

Holmes schüttelte düster den Kopf.

»Kommen Sie, Watson«, sagte er. »Wir müssen weiter. Die nächste Etappe ist das Büro, aus dem die Papiere verschwanden.«

»Es stand schon finster genug um den jungen Mann, aber die Resultate unserer Untersuchung machen's noch schlimmer«, bemerkte er, während die Kutsche losratterte. »Die bevorstehende Heirat liefert ein Motiv für das Verbrechen. Natürlich brauchte er Geld. Er verfolgte diesen Gedanken, seit er das erste Mal davon sprach. Fast machte er das Mädchen zu seiner Komplizin, indem er mit ihr darüber redete. Das sieht alles sehr böse aus.«

»Aber, Holmes, Charakter ist doch wohl etwas, das zählt? Warum sollte ein Mann wie er das Mädchen mitten auf der Straße stehenlassen und davonstürzen, um ein Verbrechen zu begehen?«

»Berechtigte Frage. Ganz gewiß gibt es Einwendungen. Fest steht, daß wir bis jetzt den Fall noch nicht durchschauen.«

Im Büro empfing uns Mr. Sidney Johnson, der ältere Angestellte, und zwar mit dem Respekt, den die Visitenkarte meines Freundes immer hervorruft. Ein dünner, verdrießlicher

Mensch in mittleren Jahren, der sich in der nervösen An-
spannung unablässig die Hände rieb.

»Schlimme Sache, schlimme Sache, Mr. Holmes! Haben Sie
vom Tod des Chefs gehört?«

»Wir kommen gerade von seinem Haus.«

»Hier geht alles drunter und drüber. Der Chef tot, Cadogan
West tot, die Pläne gestohlen. Ja. Und als wir am Montag
abend unsere Türen zumachten, waren wir doch ein ge-
nauso guter Betrieb wie irgendeiner im ganzen Staatsdienst.
Heiliger Gott, es ist furchtbar, auch nur daran zu denken!
Und ausgerechnet der West!«

»Sie sind demnach von seiner Schuld überzeugt?«

»Ich sehe sonst keine Erklärung. Und doch – ich hätte ihm
vertraut, wie ich mir selbst vertraue.«

»Zu welcher Zeit wurde das Büro am Montag zugemacht?«

»Um fünf.«

»Schlossen Sie ab?«

»Ich bin immer der letzte, der geht.«

»Wo befanden sich die Pläne?«

»In diesem Safe. Ich habe sie selbst hineingetan.«

»Gibt es in diesem Haus keinen Wächter?«

»Wir haben einen; aber er muß noch einige andere Abteilun-
gen im Auge behalten. Ein alter Soldat; höchst vertrauens-
würdiger Mann. An dem Abend hat er nichts bemerkt. Allerdings, der Nebel war ja sehr dicht.«

»Nehmen wir an, Cadogan West wollte nach Büroschluß ins
Haus gelangen; er hätte doch drei Schlüssel gebraucht, ehe
er an die Papiere herangekommen wäre?«

»Ja, so ist es. Den Schlüssel für die Haustür, den Schlüssel
zum Büro und den Safeschlüssel.«

»Und nur Sir James Walter und Sie hatten diese Schlüssel?«

»Ich besaß keine Schlüssel für die Türen, nur für den Safe.«

»War Sir James ein *ordentlicher Mensch*?«

»Ja, ich glaube schon. Soweit es die drei Schlüssel betrifft,
weiß ich, daß er sie am selben Schlüsselring trug. Ich habe
sie oft daran gesehen.«

»Und diesen Ring nahm er mit nach London?«

»So sagte er.«

»Und Sie haben Ihren Schlüssel nie aus der Hand gegeben?«

»Niemals.«

»Dann muß also West, falls er der Schuldige ist, ein Duplikat gehabt haben. Und doch fand man keines bei seiner Leiche. Eine andere Frage: Sollte ein Angestellter des Büros die Absicht haben, die Pläne zu verkaufen, würde es dann nicht einfacher für ihn sein, sie zu kopieren, statt die Originale zu nehmen, was jetzt ja geschehen ist?«

»Beachtliche technische Kenntnisse wären nötig, dies erfolgreich zu tun.«

»Doch ich vermute, weder Sir James noch Sie, noch West verfügten über diese Kenntnisse?«

»O doch, selbstverständlich! Aber bitte versuchen Sie nicht, mich in diese Sache hineinzuziehen. Was soll das alles, wo doch die Originalpläne bei West gefunden wurden?«

»Nun, es ist immerhin seltsam, daß er das Risiko eingegangen sein soll, die Originale zu nehmen, wenn er unbeschadet Kopien hätte verwenden können, die ihm genauso nützlich gewesen wären.«

»Seltsam, zweifellos – aber schließlich, er tat es.«

»Mit jedem Schritt, den wir in diesem Fall vorwärtsgehen, stoßen wir auf ein neues Rätsel. Jetzt fehlen noch drei Dokumente. Soweit ich gehört habe, sind das die wesentlichen.«

»So ist es, leider.«

»Glauben Sie, daß jemand, der diese drei Dokumente besitzt, dem die übrigen sieben fehlen, ein Bruce-Partington-Unterseeboot konstruieren könnte?«

»Diese Meinung brachte ich im Marineamt bereits zum Ausdruck. Heute habe ich mir die Zeichnungen nochmals angesehen, und nun bin ich mir nicht mehr so sicher. Die Doppelventile mit den sich automatisch selbstbetätigenden Klappen sind auf einem der Pläne, die wir zurückbekommen haben. Solange den Ausländern diese Erfindung nicht selbst gelingt, können sie das Boot nicht bauen. Freilich, diese Hürde werden sie vielleicht bald nehmen.«

»Aber die drei fehlenden Zeichnungen sind die wesentlichen?«

»Zweifellos.«

»Ich möchte – Ihr Einverständnis vorausgesetzt – mir jetzt einmal das Gelände hier ansehen. Ich glaube nicht, daß ich noch weitere Fragen habe.«

Holmes untersuchte das Schloß des Safes, die Tür zum Zimmer und schließlich die eisernen Fensterläden. Doch erst draußen auf dem Rasen entdeckte er offenbar etwas Wichtiges. Vor dem Fenster stand ein Lorbeerbusch, und mehrere Zweige wiesen Spuren auf, als seien sie verdrückt oder gebrochen worden. Er examinierte sie sorgfältig durch die Lupe, desgleichen ein paar undeutliche, verquollene Abdrücke in der Erde. Darauf ersuchte er den Seniorangestellten, die Fensterläden zu schließen, und machte mich darauf aufmerksam, daß sie in der Mitte auseinanderklafften, so daß jeder, der draußen stand, mit Leichtigkeit sehen konnte, was im Raum geschah.

»Diese drei Tage Verzögerung haben die Spuren zerstört«, sagte er. »Das hier kann viel oder nichts bedeuten. Nun, Watson, ich glaube nicht, daß wir in Woolwich weiterkommen. Eine bescheidene Ernte haben wir da eingebracht. Vielleicht haben wir in London mehr Glück.«

Und doch sollten wir noch eine weitere Garbe zu unserer Ernte dazugewinnen, ehe wir Woolwich verließen. Der Schalterbeamte erklärte mit Bestimmtheit, daß er Cadogan West – den er vom Sehen gut kannte – Montag abend gesehen hatte und daß jener um acht Uhr fünfzehn nach London Bridge gefahren sei: allein und mit einem einfachen Billett dritter Klasse. Damals war dem Beamten Wests Nervosität und Aufregung aufgefallen. Er zitterte derart, daß er kaum das Wechselgeld hatte einstecken können und der Beamte ihm dabei hatte helfen müssen. Ein Blick auf den Fahrplan bewies, daß dieser Zug um acht Uhr fünfzehn der erste war, den er benutzen konnte, nachdem er sich von der Dame getrennt hatte.

»Lassen Sie uns zusammenfassen, Watson«, sagte Holmes nach einer halben Stunde Schweigen.

»Immerhin haben wir einige beachtliche Fortschritte gemacht. Was wir bei unserer Untersuchung in Woolwich herausbekamen, sprach in der Hauptsache gegen den jungen West; doch die Spuren am Fenster ermöglichen eine erfreulichere Hypothese. Nehmen wir einmal an, ein ausländischer Agent habe sich an ihn gewandt. Unter Umständen, die es ihm verboten, darüber zu sprechen. Aber seine Gedanken kreisten darum, und so sprach er mit seiner Verlobten. Schön. Wir wollen ferner annehmen, daß er, auf dem Weg zum Theater, plötzlich im Nebel diesen selben Agenten auftauchen und in Richtung des Büros weitergehen sah. Er war ein ungestümer Mensch, schnell in seinen Entschlüssen. Ganz klar für ihn, was er zu tun hatte. Er folgte dem Mann, erreichte das Fenster, beobachtete, wie die Dokumente entwendet wurden, und heftete sich dem Dieb an die Fersen. Damit hätten wir den Einwand beseitigt, daß keiner, der imstande ist, Kopien anzufertigen, die Originaldokumente nehmen würde. Der Fremde war auf die Originale angewiesen. Soweit paßt alles zusammen.«

»Und wie geht's weiter?«

»Jetzt beginnen die Schwierigkeiten. Man möchte doch annehmen, der junge Cadogan West würde in dieser Situation sofort den Dieb festhalten und Alarm schlagen. Warum tat er das nicht? Könnte es ein Vorgesetzter gewesen sein, der die Papiere entwendete? Das würde Wests Verhalten erklären. Oder ist der Mann West im Nebel entschlüpft, so daß dieser sich sofort auf den Weg nach London machte, um ihn in seinen eigenen Räumen zu stellen – vorausgesetzt, daß er wußte, wo er wohnte? Es muß sich um etwas sehr Dringendes gehandelt haben, daß er sein Mädchen im Nebel stehenließ und keinen Versuch unternahm, ihr sein Verhalten zu erklären. Unsere Spur wird hier kalt, und es tut sich eine weite Kluft auf zwischen unserer Hypothese und der Tatsache, daß Wests Leiche, mit sieben Dokumenten in der Tasche, auf dem Dach eines Metropolitan-Zuges landete. Mein Instinkt rät mir jetzt, die Sache vom anderen Ende her anzugehen. Sobald Mycroft uns die Liste mit den Adressen geschickt hat, werden wir vielleicht unseren Mann fassen können, indem wir zwei Spuren folgen statt einer.«

Natürlich erwartete uns bereits eine Nachricht in der Baker Street. Ein Regierungsbote hatte sie eilig überbracht. Holmes überflog das Blatt und warf es mir herüber. Ich las:
Es gibt eine Reihe kleiner Fische, aber nur wenige, die eine so große Sache bewältigen können. Die einzigen Leute, bei denen es sich lohnt, sie unter die Lupe zu nehmen, sind Adolph Meyer, Great George Street Nr. 13, Westminster; Louis La Rothière, Campden Mansions, Notting Hill; dann Hugo Oberstein, Caulfield Gardens Nr. 13, Kensington. Vom letzteren weiß man, daß er Montag in der Stadt gewesen ist; jetzt soll er wieder weg sein. Schön, daß Du etwas Licht siehst. Das Kabinett wartet begierig auf Deinen Endbericht. Von allerhöchster Stelle kommen Mahnungen. Der gesamte Staatsapparat wird Dich unterstützen, sollte es nötig sein. – Mycroft.
»Ich fürchte«, sagte Holmes lächelnd, »daß sämtliche Pferde und Männer der Königin in diesem Fall nichts ausrichten können.« Er hatte seinen großen Stadtplan von London vor sich ausgebreitet und studierte ihn eifrig. »Gut, sehr gut«, sagte er plötzlich befriedigt, »endlich scheinen die Karten sich uns zuzuwenden. Nun, Watson, ich bin ehrlich überzeugt, daß wir's doch noch schaffen werden.« Vergnügt schlug er mir auf die Schulter. »Ich gehe jetzt weg. Ich will nur ein bißchen spionieren. Ohne meinen vertrauten Freund und Biographen an meiner Seite werde ich nichts Ernsthaftes unternehmen, keine Sorge. Bleiben Sie hier, und wahrscheinlich komme ich in ein, zwei Stunden zurück. Sollte Ih-

nen die Zeit zu lang werden, nehmen Sie Papier und Bleistift und beginnen zu erzählen, wie wir den Staat gerettet haben.« Etwas von seiner guten Laune ging auf mich über, denn ich wußte, daß er nicht fähig war, seinen üblichen Ernst derart abzuschütteln, wenn es nicht gute Gründe dafür gab. Also wartete ich den ganzen langen Novemberabend über, wenn auch recht ungeduldig, auf seine Rückkehr. Schließlich, kurz nach neun Uhr, erschien ein Bote mit einer Nachricht:

Ich esse bei Goldini, Gloucester Road, Kensington, zu Abend. Kommen Sie bitte gleich zu mir. Bringen Sie ein Brecheisen, eine verdunkelte Laterne, einen Meißel und einen Revolver mit. – S. H.

Eine hübsche Sammlung für einen ehrbaren Bürger, die ich da durch die düsteren, nebelverhangenen Straßen schleppen sollte. Ich verstaute alles diskret in meinem Mantel und fuhr zu der angegebenen Adresse. Mein Freund saß an einem kleinen Tisch nahe der Tür in dem prunkvollen italienischen Restaurant.

»Haben Sie schon gegessen? Ja? Dann leisten Sie mir bei einem Kaffee und Curaçao Gesellschaft. Versuchen Sie mal eine Zigarre des Hauses. Sie sind nicht ganz so ungesund wie sie aussehen. Haben Sie die Werkzeuge?«

»Ja, hier in meinem Mantel.«

»Ausgezeichnet. Ich will Ihnen kurz berichten, was ich inzwischen getan habe, und dann, was uns jetzt bevorsteht. Sie werden wohl begriffen haben, lieber Watson, daß die Leiche des jungen Mannes auf das Dach des Zuges gelegt worden ist. Das war für mich klar, seit für mich feststand, daß er vom Dach und nicht aus dem Abteil gestürzt war.«

»Kann er nicht von einer Brücke gestürzt sein?«

»Ich möchte sagen, das ist unmöglich. Wenn Sie sich die Dächer der Eisenbahnwagen einmal näher anschauen, werden Sie feststellen, daß sie gerundet sind und ohne ein noch so niedriges Gitter. Somit können wir mit Sicherheit annehmen, daß der junge Cadogan West aufs Dach gelegt wurde.«

»Aber wie?«

»Das war die Frage, die ich klären mußte. Es gibt nur eine Möglichkeit. Sie wissen doch, daß die Untergrundbahn an einigen Stellen des West Ends im Freien fährt. Ich hatte eine vage Erinnerung, daß ich auf dieser Strecke gelegentlich Fenster über mir gesehen habe. Nehmen Sie nun an, ein Zug hält unter solch einem Fenster – welche Schwierigkeit sollte bestehen, eine Leiche auf das Dach eines Waggons zu legen?«

»Das klingt doch sehr unwahrscheinlich.«

»Wir müssen zu dem alten Grundsatz zurückkehren: Wenn alle anderen Möglichkeiten ausfallen, ist das, was übrigbleibt, und sei es noch so unwahrscheinlich, die richtige Erklärung. In unserem Fall sind alle anderen Möglichkeiten ausgeschieden. Als ich erfuhr, daß jener internationale Agent, der London gerade verlassen hat, in einer Häuserreihe wohnte, die an die Untergrundbahn grenzt, war ich so erfreut, daß Sie über meine plötzliche Sorglosigkeit sogar ein wenig die Nase gerümpft haben.«

»Ach, deshalb also!«

»Ja, deshalb. Mr. Hugo Oberstein aus Caulfield Gardens Nr. 13 war mein Forschungsobjekt geworden. Ich begann meine Unternehmungen an der Station Gloucester Road, wo mich ein sehr hilfsbereiter Beamter an den Gleisen entlangführte. Mit Befriedigung entdeckte ich, daß nicht nur die hinteren Flurfenster von Caulfield Gardens über den Gleisen liegen – nein, die Hauptsache ist, daß die Untergrundbahn an genau dieser Stelle gewöhnlich einige Minuten lang hält, um einen der größeren Züge passieren zu lassen.«

»Wunderbar, Holmes! Sie haben es geschafft!«

»Langsam – langsam. Wir machen zwar Fortschritte, aber das Ziel ist noch in weiter Ferne. Nun, nachdem ich also die Rückseite der Häuser Caulfield Gardens besichtigt hatte, nahm ich mir die Frontseite vor und überzeugte mich, daß der Vogel wirklich ausgeflogen war. Es handelt sich um ein ansehnliches Gebäude und – soweit ich es feststellen konnte – in den oberen Räumlichkeiten unmöbliert. Oberstein lebte mit einem einzigen Diener zusammen, der höchstwahrscheinlich sein absoluter Vertrauter war. Wir dürfen nicht vergessen, daß Oberstein zum Kontinent hinüberfuhr, um seine Beute abzuliefern, und nicht etwa, um zu fliehen. Denn er hatte keinerlei Grund, einen Haftbefehl zu befürchten, und der Gedanke, daß man bei ihm eine private Hausdurchsuchung vornehmen könnte, wäre ihm sicher nie gekommen. Und genau das ist es, was wir tun werden.«

»Könnten wir denn nicht einen Haftbefehl erlangen und legal vorgehen?«

»Kaum auf die vorhandenen Beweise hin.«

»Was dürfen wir denn davon erwarten?«

»Wer weiß, was für Korrespondenz wir dort vorfinden werden.«

»Das gefällt mir gar nicht, Holmes.«

»Mein Lieber, Sie können auf der Straße Schmiere stehen! Ich werde den kriminellen Teil übernehmen. Wir haben keine Zeit, uns mit Kleinigkeiten abzugeben. Denken Sie an Mycrofts Worte, an das Marineamt, das Kabinett, an die ›allerhöchste Stelle‹, die auf Neues wartet. Wir sind verpflichtet, es zu tun.«

Meine Antwort war, daß ich vom Tisch aufstand.

»Sie haben recht, Holmes, es ist unsere Pflicht.«

Er sprang auf und schüttelte mir die Hand.

»Ich wußte doch, daß Sie zum Schluß nicht zurückschrecken werden«, sagte er, und einen Augenblick lang sah ich einen Ausdruck in seinen Augen, der beinahe an Zärtlichkeit heranreichte. Eine Sekunde später war er wieder der beherrschte, sachliche Mensch wie immer.

»Es ist fast eine halbe Meile bis dahin, aber wir wollen zu Fuß gehen«, sagte er. »Lassen Sie die Instrumente nicht fallen, ich flehe Sie an! Eine höchst unglückliche Komplikation, wenn man Sie als verdächtiges Subjekt verhaften würde.«

Caulfield Gardens war eine dieser Wohngegenden mit säulengeschmückten Häusern, die für die mittlere Viktorianische Epoche im West End Londons so bezeichnend sind. Im Haus nebenan schien es eine Kindergesellschaft zu geben, denn fröhliches Gekreisch junger Stimmen und das Geklimper von einem Klavier schallten durch die Nacht. Der Nebel lastete noch in der Luft und verbarg uns in seinen freundlichen Schwaden. Holmes hatte seine Laterne angezündet und richtete den Lichtstrahl gegen die massive Tür.

»Schon wieder ein Hindernis«, sagte er. »Die Tür ist bestimmt sowohl verschlossen wie auch verriegelt. Durch den Hof würden wir sicher besser herankommen. Es gibt dort einen herrlichen Eingang, in den man verschwinden könnte, sollte ein allzu eifriger Polizist aufkreuzen. Stützen Sie mich, Watson, ich helfe dann Ihnen hinüber.«

Eine Minute später standen wir beide im Hof. Kaum hatten wir im dunklen Schatten verschwinden können, als auch schon die Schritte eines Polizisten im Nebel hörbar wurden. Das rhythmische Stampfen verklang, und Holmes machte sich an der Kellertür ans Werk. Er ging mehrmals in die Hocke und richtete sich wieder auf, bis sie endlich mit einem scharfen Knirschen aufflog. Wir drängten uns in den dunklen Gang und schlossen die Tür hinter uns. Holmes führte uns eine schmale Wendeltreppe empor. Der kleine gelbe Lichtkreis seiner Lampe fiel auf ein tief gelegenes Fenster.

»Da wären wir, Watson – dies muß es sein.« Er öffnete es, und schon drang ein undeutliches, aus der Tiefe kommendes Gemurmel herauf, das sich schließlich zu einem lauten Getöse steigerte, als unter uns ein Zug durch die Finsternis rollte. Holmes ließ den Lichtstrahl über das Fensterbrett gleiten. Es war mit einer dicken Schicht Ruß von den vorbeifahrenden Zügen bedeckt, doch die schwarze Oberfläche erwies sich an mehreren Stellen als verwischt und zerkratzt.

»Hier haben sie die Leiche abgesetzt, sehen Sie's? Hallo, Watson, was ist denn das! Zweifellos ein Blutfleck.« Er deutete auf einige schwache Verfärbungen an den Holzteilen des Fensters. »Und hier haben wir's auf den Treppensteinen wieder. Damit ist das Bild vollständig. Wir wollen warten, bis ein Zug hält.«

Wir brauchten nicht lange zu warten. Schon der nächste Zug ratterte wie der zuvor aus dem Tunnel, doch er verlangsamte sein Tempo und hielt dann mit knirschenden Bremsen unmittelbar unter uns. Von der Fensterbrüstung bis zum Dach der Waggons waren es nicht mehr als vier Fuß. Holmes schloß vorsichtig das Fenster.

»Soweit hätten wir recht behalten«, sagte er. »Was sagen Sie nun, Watson?«

»Eine Meisterleistung. Selbst für Sie.«

»Darin kann ich Ihnen nicht zustimmen. Von dem Moment an, als mir klar wurde, daß die Leiche auf dem Dach gelegen hat – was wirklich nicht zu abwegig war –, ergab sich alles andere von selbst. Ging es nicht um die schwerwiegenden Hintergründe, der Fall als solcher wäre soweit unbedeutend. Die eigentlichen Schwierigkeiten liegen noch vor uns. Aber vielleicht finden wir hier irgend etwas, das uns weiterhilft.«

Wir kletterten die Küchentreppe hinauf und betraten den ersten Stock. Ein Raum war als Wohnzimmer eingerichtet, düster und nichtssagend. Der zweite diente als Schlafzimmer, ebenfalls unergiebig. Das letzte Zimmer schien interessanter, und mein Freund begann eine systematische Durchsuchung. Es war von Büchern und Papieren jeder Art überhäuft; offensichtlich ein Arbeitsraum. Eilig und methodisch inspizierte Holmes den Inhalt einer Schublade nach der andern, ein Regalbrett nach dem andern, doch kein Aufleuchten in seinem ernsten Gesicht zeigte, daß er etwas gefunden hätte. Nach einer Stunde war er genauso weit wie zuvor.

»Der verdammte Kerl hat seine Spuren verwischt«, sagte er. »Es ist einfach nichts da, was ihn überführen könnte. Den gefährlichen Briefwechsel hat er entweder vernichtet oder beiseite geschafft. So – hier haben wir unsere letzte Chance.«

Auf dem Schreibtisch stand eine kleine Metallkassette. Holmes öffnete sie mit seinem Meißel. Darin befanden sich mehrere Papierrollen, bedeckt mit Zeichnungen und Kalkulationen, doch nichts verriet uns, um was es sich dabei handelte. Die mehrfach wiederkehrenden Worte »Wasserdruck« und »Druck je Quadratzoll« ließen einen Bezug zur Technik eines U-Bootes annehmen. Ungeduldig schob Holmes sie alle beiseite. Nur ein Umschlag mit kleinen Zeitungsausschnitten verblieb in der Kassette. Er schüttelte seinen Inhalt auf den Tisch, und plötzlich las ich auf seinem Gesicht, daß er eine Hoffnung witterte.

»Was haben wir hier, Watson? Was ist das? Eine Sammlung von Botschaften im Annoncenteil einer Zeitung. Dem Papier und Druck nach zu urteilen, ist es die ›Seufzerspalte‹ des DAILY TELEGRAPH, Sie wissen schon, in der rechten oberen Ecke des Blattes. Keine Daten – aber die Botschaften zeigen selbst ihre Reihenfolge an. Dies muß die erste sein:

HOFFTE NACHRICHT FRÜHER ZU ERHALTEN. MIT BEDINGUNGEN EINVERSTANDEN. AUSFÜHRLICHEN BERICHT AN ADRESSE DIE AUF KARTE ANGEGEBEN. – PIERROT.

Die nächste: ZU SCHWIERIG FÜR BLOSSE BESCHREIBUNG. MUSS VOLLSTÄNDIGES MATERIAL HABEN. ZAHLUNG NACH WARENLIEFERUNG. – PIERROT.

Dann: DIE SACHE DRÄNGT. MUSS ANGEBOT ZURÜCKZIEHEN, FALLS VERTRAG NICHT ERFÜLLT WIRD. MACHEN SIE BRIEFLICH VORSCHLAG ZUM TREFFEN. WERDE PER ANNONCE ANTWORTEN. – PIERROT.

Jetzt die letzte: MONTAG ABEND NACH NEUN. ZWEIMAL KLOPFEN. NUR WIR ZWEI. NICHT SO VIEL MISSTRAUEN. BARZAHLUNG, SOBALD WARE GELIEFERT. – PIERROT.

Eine hübsche vollständige Sammlung, lieber Watson! Wenn wir bloß an den Mann auf der anderen Seite herankämen!« Er saß nachdenklich da und trommelte mit den Fingern auf den Tisch. Schließlich sprang er auf.

»Nun, vielleicht ist das gar kein so großes Problem. Hier können wir nichts mehr tun, Watson. Ich glaube, wir sollten zum Büro des DAILY TELEGRAPH fahren und die Arbeit eines vollen Tages zum Abschluß bringen.«

Mycroft Holmes und Lestrade waren laut Verabredung am

nächsten Morgen zum Frühstück erschienen, und Sherlock Holmes hatte ihnen von den Unternehmungen des Vortages Bericht erstattet. Der Polizeibeamte schüttelte nur den Kopf über unseren eingestandenen Einbruch.

»Wir können von Amts wegen solche Dinge nicht tun, Mr. Holmes«, sagte er. »Kein Wunder, daß Sie zu Resultaten gelangen, die uns in den Schatten stellen. Aber eines Tages, das sage ich Ihnen, werden Sie zu weit gehen, und dann sitzen Sie und Ihr Freund in der Tinte.«

»Für England, für seine Witwen und Waisen – wie, Watson? Märtyrer auf dem Altar des Vaterlandes! Aber was meinst du dazu, Mycroft?«

»Ausgezeichnet, Sherlock. Bewundernswert. Aber wie willst du damit weiterkommen?«

Holmes griff nach dem DAILY TELEGRAPH, der auf dem Tisch lag. »Habt ihr Pierrots heutige Annonce gesehen?«

»Was – eine weitere?«

»Ja, hier ist sie: HEUTE ABEND. DIESELBE ZEIT. DERSELBE ORT. ZWEIMAL KLOPFEN. LEBENSWICHTIG. IHRE SICHERHEIT AUF DEM SPIEL. – PIERROT.«

»Herrgott!« schrie Lestrade. »Wenn er darauf reagiert, haben wir ihn!«

»Diesen Gedanken hatte ich auch, als ich die Annonce aufgab. Ich glaube, wenn ihr beide es einrichten könntet, uns gegen acht Uhr nach Caulfield Gardens zu begleiten, kommen wir der Lösung vielleicht etwas näher.«

Zu einer der bemerkenswertesten Eigenschaften von Sherlock Holmes gehörte es, daß er die Fähigkeit besaß, seine Gedanken völlig abzuschalten und sie in leichtere Bahnen zu lenken, und zwar immer dann, wenn er wußte, daß er im Augenblick nichts mehr in einer Sache tun konnte. Ich erinnere mich, daß er sich an diesem ganzen denkwürdigen Tag mit der Monographie über die polyphonische Motette von Orlando di Lasso beschäftigte, die er zu schreiben begonnen hatte. Ich meinerseits besaß nichts von dieser seiner Fähigkeit, und folglich schien der Tag für mich kein Ende nehmen

zu wollen. Die immense nationale Bedeutung, die Ungewiß-
heit in hohen Regierungskreisen, die direkte Art unseres
Vorgehens – alles zusammen zehrte an meinen Nerven. Es
war geradezu eine Erlösung für mich, als wir uns nach
einem leichten Dinner auf den Weg machten. Wie verabre-
det, trafen wir Mycroft und Lestrade am Ausgang der Gloucester Road Station. Die Tür zum Hof hatten wir in der vori-
gen Nacht offengelassen, und ich mußte, da Mycroft
Holmes sich strikt und gekränkt weigerte, das Geländer
hochzuklettern, hinein und ihm die Fronttür aufschließen.
Um neun Uhr saßen wir alle im Arbeitszimmer und warteten
gottergeben auf unseren Mann.

Eine Stunde verstrich und noch eine weitere. Als es elf
schlug, schienen die gemessenen Schläge der großen Kirch-
turmuhr den Grabgesang für unsere Hoffnungen auszu-
drücken. Mycroft und Lestrade rutschten unruhig auf ihren
Sitzen hin und her und schauten zweimal in der Minute auf
ihre Uhren. Holmes saß gelassen da, die Augenlider halb geschlossen, aber mit allen Sinnen wach. Mit einem plötzlichen Ruck hob er den Kopf.

»Er kommt«, sagte er.

Hinter der Tür hörte man heimliche Schritte, jetzt wieder.
Wir nahmen ein schlurfendes Geräusch von draußen wahr
und dann zwei scharfe Klopfzeichen mit den Knöcheln.
Holmes stand auf, indem er uns bedeutete, sitzen zu bleiben. Die Gasflamme in der Halle war ein blasser Lichtschimmer. Er öffnete das Tor und schloß und verriegelte es, nachdem eine dunkle Gestalt hinter ihm hereingeschlüpft war.
»Hier entlang«, hörten wir ihn sagen, und einen Augenblick
später stand unser Mann vor uns. Holmes war ihm auf den
Fersen gefolgt, und als der Mann sich jetzt mit einem er-
staunten und alarmierten Schrei umwandte, packte er ihn
am Kragen und stieß ihn ins Zimmer. Noch ehe unser Gefangener sein Gleichgewicht wiedergefunden hatte, war die
Tür zu. Holmes stand mit dem Rücken gegen sie gelehnt.
Der Mann starrte ihn an, taumelte und stürzte bewußtlos zu

Boden. Bei dem Aufprall flog ihm der breitrandige Hut vom Kopf, der Schal rutschte vom Kinn, und da hatten wir den langen hellen Bart und das sanfte, hübsche Gesicht Oberst Valentine Walters vor uns. Holmes pfiff triumphierend.

»Wer ist das?« fragte Mycroft scharf.

»Der jüngere Bruder des verstorbenen Sir James Walter, des Leiters der Marineabteilung. Ja, die Karten sind jetzt aufgedeckt. Er kommt zu sich. Ich glaube, du solltest ihn mir überlassen.«

Wir hatten den erschlafften Körper auf das Sofa gelegt. Nun richtete sich unser Gefangener auf, blickte mit einem schreckentstellten Gesicht um sich und schlug die Hände vor die Stirn, wie einer, der seinen eigenen Sinnen nicht traut.

»Was bedeutet das?« fragte er. »Ich kam her, um Mr. Oberstein zu besuchen.«

»Wir wissen alles, Oberst Walter«, sagte Holmes. »Wie ein englischer Gentleman derart handeln kann, geht über mein Fassungsvermögen. Doch Ihre gesamte Korrespondenz, Ihre Verbindung mit Oberstein ist uns bekannt. Ebenfalls Ihr Zusammenhang mit dem Tod des jungen Cadogan West. Ich rate Ihnen, wenigstens einen winzigen Rest von Würde zurückzugewinnen, indem Sie Reue zeigen und gestehen, denn es sind da noch einige Einzelheiten, die nur Sie uns erklären können.«

Der Mann stöhnte und vergrub sein Gesicht in den Händen. Wir warteten, aber er schwieg.

»Ich versichere Ihnen, alles Wesentliche ist bekannt«, sagte Holmes. »Wir wissen, daß Sie in Geldnot waren; daß Sie sich einen Abdruck von den Schlüsseln Ihres Bruders verschafften und daß Sie in Verbindung zu Oberstein traten, der Ihnen über die Annoncenspalten des DAILY TELEGRAPH antwortete. Wir wissen ferner, daß sie Montag abend im Nebel zum Büro gingen, aber vom jungen Cadogan West erkannt und verfolgt wurden. Wahrscheinlich hatte er schon davor einen Grund gehabt, Ihnen zu mißtrauen. Er beobachtete den Diebstahl, konnte aber keinen Alarm schlagen, da es ja möglich war, daß Sie die Papiere für Ihren Bruder holten. Alle privaten Rücksichten beiseite schiebend, folgte er Ihnen im Nebel und blieb Ihnen auf den Fersen, bis Sie dieses Haus erreicht hatten. Hier trat er vor Sie hin, und dann geschah es, Colonel Walter, daß Sie dem Verrat das noch schrecklichere Verbrechen des Mordes hinzufügten.«

»Ich habe es nicht getan! Ich nicht! Ich schwöre vor Gott, daß ich's nicht getan habe!« rief unser unglückseliger Gefangener.

»Dann erzählen Sie uns, wie Cadogan West den Tod fand, ehe Sie ihn auf das Dach eines Waggons legten.«

»Das werde ich. Ich schwöre Ihnen, daß ich es erzählen werde. Ich habe den Rest besorgt. Ich gestehe es. Es war alles genauso, wie Sie eben berichtet haben. Ich hatte an der Börse spekuliert und mußte einen Kredit zurückzahlen. Ich brauchte das Geld verzweifelt. Oberstein bot mir fünftausend Pfund. Ich mußte sie haben, um mich vom Ruin zu retten. Aber was den Mord betrifft, bin ich so unschuldig wie Sie.«

»Was geschah also?«

»West verdächtigte mich schon früher, und er folgte mir, wie Sie es schilderten. Ich habe es nicht bemerkt, bis ich hier vor der Tür stand. Es war dicker Nebel, und man konnte kaum drei Meter weit sehen. Ich hatte zweimal geklopft, und Oberstein war an der Tür erschienen. Der junge Mann stürzte auf uns zu und verlangte eine Erklärung, was wir mit den Dokumenten vorhätten. Oberstein hatte einen Totschläger. Er trug ihn immer bei sich. Als West sich hinter uns den Zutritt ins Haus erzwang, schlug er ihm damit über den Kopf. Nach fünf Minuten war der Mann tot. Lag in der Eingangshalle, und wir wußten nicht, was tun. Da kam Oberstein dieser Einfall mit den Zügen, die unter seinem Hinterfenster halten. Zuerst aber untersuchte er die Dokumente, die ich mitgebracht hatte. Er erklärte, drei davon seien wesentlich, die müßte er behalten. ›Das können Sie nicht‹, er-

klärte ich ihm. ›Es wird ein furchtbares Aufsehen in Woolwich geben, wenn sie nicht an ihrem Platz liegen.‹ – ›Ich
muß sie behalten‹, sagte er, ›sie sind technisch so schwierig,
daß es unmöglich ist, in der kurzen Zeit Kopien anzufertigen.‹ – ›Dann müssen alle heute nacht zurück‹, sagte ich. Er
überlegte kurz und rief dann, er hätte die Lösung. ›Ich werde
drei behalten‹, sagte er. ›Die übrigen stecken wir dem jungen Mann in die Tasche. Sobald man ihn findet, wird die
ganze Geschichte unweigerlich auf sein Konto geschrieben.‹
Ich sah keinen anderen Operationsplan, und wir gingen so
vor, wie er vorgeschlagen hatte. Wir warteten eine halbe
Stunde am Fenster, bis ein Zug hielt. Der Nebel war dicht,
wir hatten keine Schwierigkeit, Wests Leiche auf das Dach
zu legen. Das ist der Schluß der Geschichte, soweit ich beteiligt bin.«

»Und ihr Bruder?«

»Er sagte nichts. Er hatte mich schon einmal mit seinen
Schlüsseln überrascht, und ich glaube, er verdächtigte mich.
Ich las es seinen Augen ab, daß er es tat. Wie Sie ja wissen,
hat er sich nicht wieder davon erholt.«

Im Raum blieb es still. Mycroft Holmes brach das Schweigen. »Können Sie gar keine Wiedergutmachung leisten? Es
würde Ihr Gewissen erleichtern und Ihnen vielleicht mildernde Umstände verschaffen.«

»Was kann ich tun?«

»Wo befindet sich Oberstein mit den Plänen?«

»Ich weiß nicht.«

»Hat er Ihnen keine Adresse genannt?«

»Er sagte, daß Briefe an das Hôtel du Louvre, Paris, ihn vielleicht erreichen würden.«

»Dann haben Sie eine Chance«, sagte Sherlock Holmes.

»Ich werde alles tun, was ich kann. Ich schulde diesem Kerl
keine Rücksichtnahme. Er war mein Ruin, so und so.«

»Hier sind Papier und Feder. Setzen Sie sich an diesen Tisch,
und schreiben Sie nach meinem Diktat. Adressieren Sie den
Brief an die Ihnen genannte Anschrift. So ist's richtig. Nun

der Text: ›Sehr geehrter Herr – Sie werden sicher inzwischen festgestellt haben, daß im Zusammenhang mit Ihrer Transaktion ein wesentliches Glied fehlt. Ich besitze jetzt den Teil, der die Lücke schließt. Das hat mich in zusätzliche Schwierigkeiten gebracht, und so muß ich Sie um einen weiteren Vorschuß von fünfhundert Pfund bitten. Ich möchte den Gegenstand nicht der Post anvertrauen, noch etwas anderes als Gold oder Banknoten entgegennehmen. Ich würde hinüber zu Ihnen aufs Festland kommen, aber es könnte auffallen, wenn ich England zum gegenwärtigen Zeitpunkt verließe. Deshalb werde ich Sie im Rauchsalon des Charing Cross Hotels Sonnabend mittag erwarten. Denken Sie bitte daran, daß nur englische Währung oder Gold in Frage kommt.‹ Das wird vollauf genügen. Es sollte mich sehr wundern, wenn das unseren Mann nicht in die Falle lockt.«

Heute ist es längst ein Faktum der Geschichte – jener Geheimgeschichte eines Volkes, die häufig so viel wesentlicher und bewegender ist, als was von ihr öffentlich bekannt wird –, daß Oberstein, begierig, das Geschäft seines Lebens zu machen, auf den Köder anbiß und die nächsten fünfzehn Jahre sicher in einem britischen Gefängnis zubrachte. In seinem Gepäck fand man die unschätzbaren Bruce-Partington-Pläne, die er in navigatorisch interessanten Teilen Europas zum Kauf hatte anbieten wollen.

Oberst Walter ist im Gefängnis gestorben, gegen Ende des zweiten Jahres seiner Haft. Was Holmes betrifft, so kehrte er erfrischt zu seiner Monographie über die polyphonischen Motetten Orlandos zurück, die übrigens inzwischen im Privatdruck erschienen ist und von den Fachleuten begeistert gepriesen wurde. Einige Wochen später erfuhr ich zufällig, daß mein Freund einen Tag in Windsor verbracht hatte, von wo er eine bemerkenswert schöne Krawattennadel mit einem Smaragd heimbrachte. Als ich ihn fragte, ob er sie gekauft habe, erwiderte er, es sei ein Geschenk von einer gütigen Dame, in deren Interesse er glücklicherweise einmal einen kleinen Auftrag habe ausführen können. Mehr verriet er nicht; aber ich glaube, ich kann den erlauchten Namen dieser Dame erahnen. Sicher ist, daß der Smaragd die Erinnerung meines Freundes an jenes Abenteuer wachhalten wird, das im Londoner Nebel begonnen hatte.

Chinesisches Porzellan

»Meinetwegen! Jetzt wird es keinem mehr schaden«, bemerkte Sherlock Holmes, als ich wohl zum zehntenmal im Verlauf von ebenso vielen Jahren seine Einwilligung erbat, die folgende Geschichte niederzuschreiben, die von dem berichtet, was in mancher Hinsicht den Höhepunkt seiner Laufbahn bedeutete.

Wir beide, Holmes und ich, hatten eine Schwäche für das Türkische Bad. In der behaglichen Entspannung einer Rauchpause im Trockenraum erlebte ich ihn menschlicher, gelöster und weniger schweigsam als irgendwo sonst. Im oberen Stock der Badeanstalt in der Northumberland Avenue gibt es eine abgesonderte Ecke, wo zwei Ruhebetten nebeneinanderstehen. Darauf lagen wir am 3. September 1902, und an diesem Tage beginnt auch die folgende Erzählung. Ich hatte meinen Freund gefragt, ob sich etwas Interessantes ereigne, und statt jeder Antwort streckte er einen langen knochigen Arm aus den Leintüchern, die ihn umhüllten, und zog einen Umschlag aus der Innentasche seiner Jacke, die neben ihm hing.

»Ob das nun nur ein selbstgefälliger Wichtigtuer ist – oder eine Angelegenheit, bei der es um Leben und Tod geht«, sagte er, indem er mir den Brief herüberreichte, »ich weiß bis jetzt nicht mehr, als diese Botschaft mir mitteilt.«

Sie war aus dem Carlton Club und am vorhergehenden Abend geschrieben.

Ich las wie folgt:

Sir James Damery empfiehlt sich Mr. Sherlock Holmes und

wird ihn morgen um 16 Uhr 30 aufsuchen. Er bittet, davon Kenntnis zu nehmen, daß die Angelegenheit, in der er Mr. Holmes um Rat fragen möchte, sehr heikel und von äußerster Wichtigkeit ist. Sir James vertraut daher auf Mr. Holmes' Bemühen um das Zustandekommen dieser Unterredung und erwartet seine Bestätigung durch telefonischen Anruf im Carlton Club.

»Daß ich mich einverstanden erklärt habe, brauche ich Ihnen wohl nicht zu sagen«, bemerkte mein Freund, als ich ihm das Papier zurückgab. »Wissen Sie irgend etwas über diesen Herrn?«

»Nur, daß sein Name in der Gesellschaft sehr bekannt ist.«

»Schön, ich kann Ihnen noch ein bißchen mehr von ihm erzählen. Er steht in dem Ruf, bedenkliche Situationen, die nicht in die Zeitung kommen sollen, diskret zu glätten. Vielleicht erinnern Sie sich an seine Verhandlungen mit Sir George Lewis über den Hammerford-Will-Fall. Ein Mann von Welt und ein diplomatisches Naturtalent. Ich darf daher hoffen, daß dies kein blinder Alarm ist und er unseren Beistand wirklich dringend braucht.«

»*Unseren?*«

»Gewiß, wenn Sie die Freundlichkeit hätten, lieber Watson.«

»Ist mir eine Ehre.«

»Dann also – um 16 Uhr 30. Bis dahin können wir die Angelegenheit vergessen.«

Ich hatte damals meine eigene Wohnung in der Queen Ann Street, fand mich aber schon vor der verabredeten Zeit in der Baker Street ein. Genau um fünf Uhr wurde Colonel Sir James Damery gemeldet. Sein Äußeres zu beschreiben erübrigt sich fast, denn viele Leser werden sich dieser stattlichen, aufrechten und ehrbaren Persönlichkeit entsinnen. Man behält das breite, glattrasierte Gesicht, vor allem jedoch seine angenehme, weiche Stimme im Gedächtnis. Offenheit strahlte aus den grauen irischen Augen, und echter Humor umspielte seine beweglichen, meist lächelnden Lippen. Der glänzende Zylinder in Verbindung mit dem dunklen Gehrock, in der Tat jede Einzelheit, angefangen von der Perlnadel in der schwarzen Seidenkrawatte bis zu seinen lavendelfarbenen Gamaschen über den Lackschuhen, legte von der berühmten minuziösen Sorgfalt seiner Kleidung Zeugnis ab. Unser kleines Zimmer wurde von der gebieterischen Erscheinung des Aristokraten sozusagen beherrscht.

»Versteht sich, daß ich darauf vorbereitet war, auch Dr. Watson anzutreffen«, bemerkte er mit höflicher Verbeugung.

»Seine Mitarbeit könnte notwendig werden, Mr. Holmes. Wir haben es bei dieser Gelegenheit mit einem Menschen zu tun, für den Gewalttätigkeit zur Tagesordnung gehört und der buchstäblich vor nichts zurückschreckt. Ich würde zu behaupten wagen, daß es keinen gefährlicheren Menschen in ganz Europa gibt.«

»Ich habe schon mehrfach Gegner gehabt, auf die dieses schmeichelhafte Attribut angewendet wurde«, gab Holmes lächelnd zurück. »Rauchen Sie? Nein? Aber Sie werden entschuldigen, wenn ich mir eine Pfeife anzünde . . . Wenn Ihr Mann gefährlicher ist als der verstorbene Professor Moriarty oder der noch immer lebende Oberst Sebastian Moran, dann ist er in der Tat des Kennenlernens wert. Darf ich fragen, wie er heißt?«

»Haben Sie je von Baron Gruner gehört?«

»Sie meinen den Mörder aus Österreich?«

Lachend hob Colonel Damery seine Hände zur Zimmerdecke. »Ihnen kommt keiner bei, Mr. Holmes. Wundervoll! Dann schätzen Sie ihn also bereits als Mörder ein?«

»Es gehört zu meinem Beruf, auch die Verbrechen auf dem Kontinent in ihren Einzelheiten zu verfolgen. Wer könnte beispielsweise gelesen haben, was da in Prag geschehen ist, und noch an der Schuld dieses Mannes zweifeln? Ihn rettete doch nur ein rein juristischer Schachzug und der verdächtige Tod eines Zeugen! Ich weiß so genau, daß er seine Frau

getötet hat, als der sogenannte ›Unglücksfall‹ am Splügen-
paß sich ereignete, als hätte ich ihm dabei zugeschaut. Daß
er nach England gekommen war, wußte ich auch und hatte
schon ein Vorgefühl, er werde mir früher oder später zu
schaffen machen. Nun denn, was hat besagter Baron sich
wieder geleistet? Ich nehme doch an, es wurde nicht diese
alte Tragödie aufgegriffen?«

»Nein, es handelt sich um Ernsteres. Ein Verbrechen zu rä-
chen ist zwar wichtig, wichtiger jedoch, ein neues zu verhin-
dern. Eine verteufelte Sache, Mr. Holmes, wenn sich eine
furchtbare Begebenheit anbahnt, eine geradezu grauenhafte
Situation, und das vor Ihren Augen. Sie wissen, wohin das
führen muß, und sind doch gänzlich außerstande, das Übel
abzuwenden. Kann ein Mensch in eine mißlichere Lage geraten? Gewiß werden Sie dem Klienten, dessen Interessen
ich vertrete, Ihr Mitgefühl nicht versagen.«

»Es war mir noch nicht klar, daß Sie nur Vermittler sind. Wer
ist der Auftraggeber?«

»Ich muß Sie bitten, Mr. Holmes, diese Frage nicht zu stellen. Es ist für mich von wesentlicher Bedeutung, ihm die
Versicherung geben zu können, daß sein geschätzter, er-
lauchter Name nicht in die Angelegenheit mit hineingezogen wird. Seine Beweggründe sind im höchsten Grade eh-
renvoll und ritterlich, aber er möchte anonym bleiben. Ich
brauche nicht zu betonen, daß Ihnen ein angemessenes Honorar zugesichert wird und daß Sie vollkommen freie Hand
haben. Dann tut doch der wirkliche Name Ihres Mandanten
nichts zur Sache.«

»Bedaure«, erwiderte Holmes, »ich bin zwar daran gewöhnt,
daß am einen Ende meiner Fälle das Geheimnis steht, aber
nicht an beiden. Das ist mir zu verwirrend. Unter diesen
Voraussetzungen fürchte ich, ablehnen zu müssen, Sir
James.«

Dies traf unseren Besucher hart. Sein großes, empfindsames
Gesicht umdüsterte sich vor Enttäuschung. »Sie sind sich
schwerlich der Tragweite Ihrer Handlungsweise bewußt,

Mr. Holmes«, sagte er, »noch, in welch schwerwiegendes Dilemma Sie mich versetzen. Dabei bin ich vollkommen sicher, Sie wären stolz darauf, den Fall zu übernehmen, wenn ich Ihnen die betreffenden Angaben nicht verweigern müßte. Aber ich bin an mein Versprechen gebunden. Darf ich Ihnen wenigstens all das, was mir auszusagen erlaubt ist, unterbreiten?«

»Durchaus, solange Sie damit einverstanden sind, daß ich mich vorläufig zu nichts verpflichte.«

»Gut, ich werde mich daran halten. Punkt eins. Zweifellos haben Sie schon von General de Merville gehört?«

»De Merville vom Khaiber? Gewiß, der Name ist mir bekannt.«

»Er hat eine Tochter, Violet. Jung, reich, schön, gebildet – eine wunderbare Frau in jeder Hinsicht. Dieses liebliche Mädchen aus den Klauen eines Teufels zu retten, sind wir bemüht.«

»Dann hat also Baron Gruner besonderen Einfluß auf sie.«

»Er besitzt über sie die größte Macht, die man sich vorstellen kann, was Frauen betrifft – Liebe. Der Mann sieht, wie Sie schon gehört haben werden, blendend aus, hat eine faszinierende Art, sich zu benehmen, und eine klangvolle Stimme. Dazu weiß er diesen Nimbus von Romantik und Geheimnis um sich zu verbreiten, der Frauen so viel bedeutet. Es heißt, das ganze Geschlecht sei ihm auf Gnade oder Ungnade verfallen und er habe weidlich Gebrauch davon gemacht.«

»Aber wie kommt dieser Mensch dazu, einer Dame vom Stand und Ansehen der Miss Violet überhaupt zu begegnen?«

»Es war auf einer Mittelmeerreise, an Bord einer Jacht. Obwohl es sich um eine geschlossene Gesellschaft handelte, bezahlte jedes der Mitglieder seine Fahrt. Wahrscheinlich wußten die Veranstalter über den Charakter des Barons wenig Bescheid. Und schon war es zu spät. Der Schurke machte sich an die Lady heran mit dem Ergebnis, daß er ganz und ausschließlich ihr Herz gewann. Zu sagen, daß sie ihn liebt, würde ihre Gefühle nur unvollständig ausdrücken. Sie ist in ihn vernarrt, schlechthin besessen von diesem Menschen. Neben ihm gibt es für sie nichts mehr auf Erden. Sie will kein Wort gegen ihn hören. Alles wurde schon unternommen, sie von ihrem Wahn zu heilen. Vergebens. Sie will ihn nächsten Monat heiraten. Da sie volljährig ist und einen eisernen Willen hat, sind wir ratlos, wie wir sie davon abhalten sollen.«

»Weiß sie von der österreichischen Episode?«

»Der listige Teufel hat ihr jeden schmutzigen Skandal seiner Vergangenheit erzählt, allerdings mit umgekehrten Vorzeichen und so, als sei er ein unschuldiger Märtyrer. Sie nimmt seine Version vollkommen ernst und will von keiner anderen etwas wissen.«

»Du lieber Himmel! – Aber sicher haben Sie nun doch ohne besonderen Hinweis den Namen Ihres Klienten geäußert. Es ist wohl General de Merville selbst?«

Etwas nervös zappelte unser Besucher bei diesen Worten in seinem Sessel hin und her.

»Ich könnte Sie ja täuschen, indem ich es zugäbe, Mr. Holmes, aber es wäre nicht die Wahrheit. De Merville ist ein gebrochener Mann. Der tapfere Soldat in ihm wurde durch diesen Vorfall gänzlich demoralisiert. Er hat die Nerven, die ihn während der Schlacht nie im Stich ließen, verloren. Er wäre vollkommen unfähig, es mit einem so brillanten, rücksichtslosen Schurken, wie es dieser Österreicher ist, aufzunehmen. Mein Klient indessen, ein alter Freund des Hauses, kennt den General seit vielen Jahren sehr gut und nimmt ein väterliches Interesse an dem jungen Mädchen, schon seit es noch kurze Röckchen trug. Er kann nicht mit ansehen, wie diese Tragödie ihren Verlauf nimmt, ohne den Versuch zu machen, sie aufzuhalten. Für Scotland Yard sehe ich hier keine Möglichkeit. Es war dieses Mannes eigener Vorschlag, Sie hinzuzuziehen, Mr. Holmes. Aber, wie ich schon erwähnte, unter der ausdrücklichen Bedingung, daß er per-

sönlich nicht in die Sache verwickelt wird. Dank Ihren viel-
seitigen Fähigkeiten wüßten Sie ohne weiteres meinen
Klienten ausfindig zu machen, daran zweifle ich nicht, Mr.
Holmes. Gleichwohl bitte ich Sie nochmals, ehrenhalber davon Abstand zu nehmen und nicht in dieses Inkognito ein-
zubrechen.«

Holmes lächelte hintergründig.

»Das glaube ich nun ganz sicher versprechen zu können«,
erwiderte er. »Hinzufügen möchte ich, daß Ihr Problem
mich gefesselt hat und ich bereit bin, mich damit zu befassen. Wie soll ich mit Ihnen in Verbindung bleiben?«

»Der Carlton Club weiß immer, wo ich zu finden bin. Aber
für den Dringlichkeitsfall gebe ich Ihnen noch eine private
Telefonnummer, XX31.«

Holmes schrieb sie sich auf und saß noch immer lächelnd da
mit dem offenen Notizbuch auf den Knien.

»Die gegenwärtige Adresse des Barons, bitte?«

»Vernon Lodge, bei Kingston, eine Prunkvilla. Er hatte
Glück bei irgendeiner ziemlich finsteren Spekulation und ist
nun ein schwerreicher Mann, was ihn natürlich zu einem
um so gefährlicheren Gegner macht.«

»Trifft man ihn gegenwärtig zu Hause an?«

»Ja.«

»Können Sie, abgesehen von dem, was Sie mir soeben mit-
teilten, noch weitere Auskünfte über den Mann geben?«

»Er hat teure Neigungen – ist Pferdezüchter. Für kurze Zeit
spielte er Polo in Hurlingham, aber dann wurde etwas von
der Prager Affäre dort laut, und er mußte wegziehen. Er
sammelt kostbare Bücher und Bilder, hat eine beträchtliche
künstlerische Ader. Ich glaube, er weiß eine Menge über
chinesische Keramik, hat sogar ein Buch darüber geschrieben und gilt als Autorität auf diesem Gebiet.«

»Ein vielfältiger Geist«, bekräftigte Holmes. »Fast alle großen Kriminellen sind so veranlagt. Mein alter Freund Char-
lie Peace war ein Violinvirtuose, Wainwright kein übler Ma-
ler. Ich könnte noch andere aufzählen. Nun, Sir James, Sie

werden ihren Mandanten davon unterrichten, daß ich vorhabe, mein Interesse auf Baron Gruner zu lenken. Mehr will und darf ich noch nicht sagen. Einige Informationsquellen besitze ich selbst. Und ich hoffe, es werden sich Mittel und Wege finden, an den Kern der Sache heranzukommen.«

Als unser vornehmer Gast uns verlassen hatte, saß Holmes so tief in Gedanken versunken, daß er meine Gegenwart vergessen zu haben schien. Auf einmal war er jedoch wieder ganz da und erkundigte sich lebhaft:
»Na, Watson, haben Sie irgendwelche Vorschläge?«
»Ich meine, Sie sollten sich am besten erst einmal die junge Lady ansehen.«
»Mein lieber Watson, wenn ihr armer alter und gebrochener Vater sie nicht umzustimmen weiß, wie sollte ich es erreichen? Und doch hat der Gedanke etwas für sich, wenn alles übrige fehlschlägt. Nur glaube ich, wir müssen von einer anderen Ecke aus beginnen. Ich könnte mir recht gut vorstellen, daß Shinwell Johnson zunächst eine Hilfe wäre.«
Ich hatte in diesen Memoiren noch keine Gelegenheit, Shinwell Johnson zu erwähnen, weil ich meine Berichte selten den letzten Phasen in der Laufbahn meines Freundes entnahm. Zu Anfang dieses Jahrhunderts wurde Johnson ihm ein wertvoller Assistent. Es ist mir peinlich, sagen zu müssen, daß er sich zuerst als sehr gefährlicher Halunke einen Namen machte und zweimal in Parkhurst Zwangsarbeit tun mußte. Schließlich bereute er seine Missetaten und schloß sich Holmes an, ja, er arbeitete für ihn in der weitverzweigten Londoner Unterwelt und verschaffte ihm mitunter äußerst wichtige Informationen. Wäre Johnson ein Polizeispitzel geworden, hätten die Ganoven ihn bald als solchen entlarvt und hinausgeworfen. Aber da er sich mit Fällen befaßte, die nicht unmittelbar vor Gericht endeten, haben seine Gefährten sein eigentliches Betätigungsfeld nie entdeckt. Mit dem Glanz zweier Zuchthausstrafen hinter sich hatte er »entrée« in sämtlichen Nachtclubs, Gangsterbars

und Spielhöllen der Stadt. Seine rasche Beobachtungsgabe und sein lebendiger Verstand machten aus ihm einen idealen Kundschafter.

Die Schritte, die mein Freund zunächst unternahm, konnte ich nicht verfolgen; dringende Berufsarbeit hielt mich in Atem. Aber ich traf ihn unserer Verabredung gemäß eines Abends bei Simpson*, wo wir an einem kleinen Fenstertisch saßen und dem Verkehr auf dem Strand zusahen. Und hier erzählte er mir einiges von dem, was inzwischen geschehen war.

»Johnson grast Pubs und Nachtlokale ab«, begann er. »Er wird sicher irgend etwas aufstöbern. Denn da unten, bei den schwarzen Wurzeln des Verbrechens, müssen wir nach den Geheimnissen dieses Mannes jagen.«

»Aber wenn Lady Violet sich von dem, was bereits bekannt ist, nicht abschrecken läßt, warum sollte eine neue Enthüllung sie von ihrem Vorhaben abbringen?«

»Wer weiß, Watson? Herz und Hirn der Frau sind unlösbare Puzzlespiele für die männliche Logik. Sie mögen Verständnis, ja Verzeihung für einen Mord aufbringen, aber ein geringes Vergehen erregt ihren bittersten Groll. Baron Gruner sagte zu mir . . .«

»*Er* sagte zu Ihnen?«

»Ach so, natürlich. Ich hatte Ihnen ja von meinen Plänen nichts mitgeteilt. Es dürfte Ihnen mehr als bekannt sein, Watson, daß ich es liebe, selbst in die Höhle des Löwen zu gehen, meinem Gegner Aug' in Auge gegenüberzutreten und festzustellen, was an ihm dran ist. Als ich Johnson alles Nötige mitgeteilt hatte, fuhr ich mit einer Droschke nach Kingston und fand den Baron in höchst aufgeräumter Stimmung vor.«

»Hat er Sie erkannt?«

»Die Mühe ersparte ich ihm, sandte ihm einfach meine

* *Simpson,* in der Londoner City, ist eines der berühmtesten und typischsten englischen Restaurants.

Karte. Er ist ein hervorragender Kämpfer, kalt wie Eis, mit einer seidenweichen Stimme und einschmeichelnd wie nur je einer von Ihren elegantesten Patienten, dabei giftig wie eine Kobra. Er hat Rasse: ein Aristokrat des Verbrechens. Bietet dir eine Tasse Fünf-Uhr-Tee an, und hinter ihm lauert die Grausamkeit des Grabes. Ja, ich bin richtig froh darüber, dem Freiherrn Adelbert Gruner begegnet zu sein.«

»Sie sagten, er war in ›aufgeräumter‹ Stimmung?«

»Ein schnurrender Kater, der Mäuse riecht. Die Freundlichkeit mancher Leute ist tödlicher als die Heftigkeit rauherer Seelen. Schon seine Begrüßung war charakteristisch: ›Ich habe mir immer gedacht, daß ich früher oder später mit Ihnen zusammentreffen würde, Mr. Holmes. Wahrscheinlich sind Sie von General de Merville beauftragt, meine Heirat mit seiner Tochter zu unterbinden. Ist es so?‹

Ich bejahte.

›Mein lieber Herr!‹ fuhr er fort. ›Sie werden sich dabei nur Ihren wohlverdienten guten Ruf verderben. Denn in diesem Fall werden Sie keinen Erfolg verzeichnen. Ein fruchtloses Unterfangen! Von der damit verbundenen Gefahr ganz zu schweigen. Ich möchte Ihnen dringend raten, sich zurückzuziehen!‹

›Komisch‹, antwortete ich ›aber genau den gleichen Rat wollte eigentlich ich Ihnen geben. Ich habe entschieden Achtung vor Ihrem Verstand, Baron, und das wenige, was ich in diesen kurzen Minuten von Ihrer Persönlichkeit kennenlernen durfte, hat meine gute Meinung nicht geschmälert. Reden wir doch von Mann zu Mann miteinander! Niemand will Ihre Vergangenheit ausgraben und Ihnen über Gebühr Unannehmlichkeiten verursachen. Das ist vorbei, die Wellen haben sich beruhigt. Aber wenn Sie auf dieser Heirat bestehen, scheuchen Sie einen Schwarm von mächtigen Feinden auf, die Sie nicht mehr in Ruhe lassen, bis Ihnen in England der Boden unter den Füßen zu heiß geworden ist. Lohnt sich dieses Spiel? Bestimmt würden Sie klüger handeln, wenn Sie die Lady unbehelligt ließen. Sie möchten doch sicher nicht, daß man ihr gewisse Tatsachen aus Ihrer Vergangenheit zur Kenntnis bringt!‹

Der Baron trägt ein kleines gewichstes Bärtchen unter der Nase, das wie die Antenne eines Insekts aussieht. Es zitterte vor Vergnügen, als er mir zuhörte, bis er schließlich in leises Lachen ausbrach.

›Entschuldigen Sie meine Erheiterung, Mr. Holmes‹, sagte er. ›Es ist wirklich zu drollig, wie Sie ausspielen wollen ohne Karten in der Hand. Ich gebe zu, niemand würde das so gut machen wie Sie. Aber es hat doch etwas Rührendes. Nicht eine einzige Trumpfkarte, kaum Siebener und Achter, Mr. Holmes!‹

›Das denken Sie!‹

›Das weiß ich. Lassen Sie mich offen reden, denn mein eigenes Blatt ist so stark, daß ich mir leisten kann, es zu zeigen. Ich war glücklich genug, die Zuneigung jener Dame zu gewinnen. Sie wandte sich mir uneingeschränkt zu, trotz der Tatsache, daß ich ihr sehr deutlich all die unglückseligen Zwischenfälle meiner Vergangenheit enthüllte. Ich bereitete sie auch darauf vor, daß bösartige Ränkeschmiede – ich hoffe, Sie erkennen sich selbst wieder – zu ihr kommen würden, um ihr diese Dinge mit umgekehrten Vorzeichen noch einmal zu erzählen. Und ich habe sie davor gewarnt, auf solche Leute einzugehen. Sie haben sicherlich von posthypnotischer Suggestion schon etwas gehört, Mr. Holmes? Nun, Sie werden sehen, wie sie wirkt. Ein Mensch, der Persönlichkeit besitzt, macht von der Hypnose Gebrauch ohne Einschläferungssprüchlein, entsprechende Handbewegungen und all den vulgären Firlefanz. Miss Violet, wohlvorbereitet auf Ihren Besuch, wird Ihnen, daran zweifle ich nicht, eine Zusammenkunft gewähren, denn sie gehorcht ihrem Vater – außer freilich in dieser einen kleinen Sache.‹

Sie sehen, Watson, mir blieb eigentlich nichts mehr zu sagen übrig. So verabschiedete ich mich mit so viel kalter Würde, als ich nur aufbringen konnte.

Aber als meine Hand die Türklinke niederdrücken wollte, hielt er mich zurück mit den Worten:
›Haben Sie übrigens den französischen Spitzel Le Brun gekannt, Mr. Holmes?‹
›Natürlich‹, antwortete ich.
›Wissen Sie auch, was ihm zustieß?‹
›Ich hörte, daß er auf dem Montmartre von einigen Apachen angefallen und für sein Lebtag zum Krüppel geschlagen wurde.‹
›Sehr richtig, Mr. Holmes. Wie das manchmal seltsam zusammentrifft! Er hatte nämlich genau eine Woche vorher versucht, sich in meine Angelegenheiten einzudrängen. Tun Sie so etwas lieber nicht, Mr. Holmes! Es bringt kein Glück. Das haben schon verschiedene Leute herausgefunden. Ich sage es Ihnen ein für allemal: Geh'n Sie Ihrer Wege und lassen Sie mich die meinen gehen. Grüß Gott!‹
So, nun sind Sie im Bilde, Watson!«
»Scheint ein gefährlicher Bursche zu sein.«
»Und wie! Angebern schenke ich keine Beachtung. Aber der gehört zu denen, die eher weniger sagen, als sie tatsächlich vorhaben.«
»Müssen Sie denn unbedingt eingreifen? Hat es wirklich soviel zu besagen, ob er das Mädchen nun heiratet oder nicht?«
»Wenn ich in Betracht ziehe, daß er ohne jeden Zweifel seine letzte Frau ermordet hat, würde ich doch denken, es hat sehr viel zu besagen. Außerdem sind wir schließlich unserem Klienten verpflichtet. Nein, wir wollen darüber nicht streiten. Wenn Sie Ihren Kaffee getrunken haben, kommen Sie am besten mit mir nach Hause. Dieser helle Kopf, der Shinwell, wird mit seinem Bericht dort vielleicht schon warten.«
Er war da. Ein riesiger Bursche, mit grobem, rotem Gesicht, schlechten Zähnen und einem Paar lebhafter schwarzer Augen, die das einzige äußere Zeichen für seine Gerissenheit waren. Anscheinend hatte er bei seinen Ausgrabungen

ein Musterexemplar entdeckt: Neben ihm auf dem Sofa saß eine zierliche, temperamentvolle Rothaarige mit blassem, wachem Gesicht. Sie war noch jung, aber von Laster und Sorge schon so mitgenommen, daß die Spuren der furchtbaren Jahre ihre Züge prägten.

»Das ist Miss Kitty Winter«, erklärte Shinwell Johnson und stellte sie mit einem Schwenken seiner fleischigen Hand vor. »Was ihr unbegreiflich ist . . . na ja, sie wird schon selber den Mund aufmachen. Ich hab' sie gleich herausgefischt, Mr. Holmes, eine Stunde nachdem Ihr Brandbrief kam.«

»Bin ja leicht zu finden«, bestätigte seine Partnerin. »Verdammt, London macht mich jedesmal fertig. Selbe Adresse wie Porky Shinwell. Wir sind alte Genossen, Porky, was, wir zwei? Aber zum Henker! Da gibt's einen, der soll in einer viel tieferen Hölle braten wie wir, wenn's Gerechtigkeit gäbe auf dieser Welt! Und das is' der, hinter dem Sie jetzt her sind, Mr. Holmes.«

Mein Freund lächelte. »Ich glaube, alle Ihre guten Wünsche begleiten uns, Miss Winter.«

»Wenn ich Ihnen helfen kann, ihn dahin zu schaffen, wo er hingehört, machen Sie mit mir, was Sie wollen«, beteuerte unsere Besucherin, von wildem Tatendrang beseelt. Eine Intensität des Hasses flammte aus den Augen dieses bleichen entschlossenen Gesichts, die man bei Frauen nur selten und bei Männern wohl niemals findet. »Brauchen nich' in meiner Vergangenheit rumzuwühlen, Mr. Holmes. Die is' nich' hier und nich' da. Aber was ich bin, das hat dieser Gruner auf'm Konto. Wenn ich ihn erledigen könnte, den Kerl!« Wie im Wahnsinn krampfte sie die Hände zusammen. »Wenn ich ihn nur mal selber in den Dreck trete, wo er so viele reingestoßen hat!«

»Sie wissen über den Stand der Dinge Bescheid?«

»Porky hat mir alles geflüstert. Der Gruner is' hinter einer anderen her, und die will er diesmal heiraten. Armes Huhn. Und Sie, Mr. Holmes, wollen dazwischenhauen. Na, wissen ja genug von dem Schuft, daß Sie 'n anständiges Mädchen, wenn's noch bei Sinnen is', davon abbringen wer'n, mit dem Subjekt in ein und dieselbichte Kirche zu gehen.«

»Sie ist aber nicht bei Sinnen, sondern verrückt vor Liebe. Man hat ihr alles über ihn gesagt, es kümmert sie nicht im geringsten.«

»Auch von dem Mord?«

»Ja.«

»Gott, hat die Nerven!«

»Sie tut alles als Verleumdungen ab.«

»Können Sie ihr nich' 'n Beweisstück vor die dämlichen Augen bringen?«

»Nun, vielleicht möchten Sie uns dabei helfen?«

»Bin ich nich' selbst 'n Beweisstück? Wenn ich mich vor sie hinstelle und auspacke, was er mit mir gemacht hat . . .«

»Das würden Sie tun?«

»Klar, Mann!«

»Gut, vielleicht lohnt sich ein solcher Versuch. Allerdings hat er ihr fast all seine Sünden gebeichtet und Vergebung von ihr erhalten. Anscheinend will sie nichts mehr davon hören, jedenfalls hält sie an ihm fest.«

»Jede Wette, der hat nich' alles auf'n Tisch gelegt«, meinte Miss Winter. »Ich hab' noch einen oder den anderen Mord mitgekriegt – nich' bloß den, wo sie so viel drüber gequatscht haben. Guckte mir starr in die Pupille und sagte mit seiner Plüschstimme: ›Er ist innerhalb eines Monats gestorben!‹ Das war kein leeres Gerede! Na, mir war's egal! Ich war ja damals selber in ihn verknallt. Konnte anstellen, was er wollte, mir ging's wie dieser armen Irren. Nur eine Sache, die hat mir gereicht. Verflucht noch mal! Wenn er nich' immer so fabelhaft gequatscht hätte – konnte einfach alles wieder hindrehen, der Kerl –, dann wär' ich noch in derselben Nacht auf und davon gegangen. Er hat da so ein Buch – ein dickes braunes Lederbuch, mit 'nem Schloß dran und seinem Wappen auf dem Deckel . . . Ich glaube, er war blau wie 'n Veilchen an dem Abend, sonst hätt' er mir das nie gezeigt . . .«

»Was hat er Ihnen gezeigt?«

»Also wissen Sie, Mr. Holmes, dieser Kerl sammelt Frauen, wie andere Leute Motten sammeln oder Schmetterlinge. Da is' der richtig stolz drauf. Alles hat er drin in dem Buch! Schnappschüsse, Namen, Sondersachen, wie's eben jede machte. Ein hundsgemeines Buch, kein anderer Mann, auch nich' aus der Gosse, bringt so was fertig. Aber er, Adelbert Gruner, dem sah das ähnlich. ›Seelen, die ich zugrunde richtete‹, das hätt' er auf den Deckel schreiben können. Na ja, das gehört nich' zur Sache. Das Buch nutzt Sie nix – und wenn, Sie kriegen's doch nich'.«

»Wo ist es?«

»Weiß ich? 's über 'n Jahr her, seit ich abhaute. Wo er's damals aufhob, kann ich mich erinnern. Is' ja ein geleckter, geschniegelter Pedant. Warum nich'? Vielleicht steckt's noch in dem Mittelfach von seinem alten Schreibtisch. Kennen Sie seine Wohnung?«

»Ich war in seinem Arbeitszimmer«, erwiderte Holmes.

»Ach nee! Da sind Sie aber or'ntlich rangegangen, wo Sie doch erst heut früh losgelegt haben. Vielleicht zieht der liebe Adelbert diesmal doch den kürzeren! – Sein Arbeitszimmer, da is' erst mal das Porzellan, ein ganzer Schrank zwischen den Fenstern, hinter dem Schreibtisch geht 'ne Tür in ein kleines Kabinettchen, wo er Papiere und so was aufhebt.«

»Hat er keine Angst vor Einbrechern?«

»Feige is' er nich'. Sein ärgster Feind könnt ihm das nicht nachsagen. Er braucht keinen, der auf ihn aufpaßt. Für die Nacht hat er eine Alarmglocke. Und sonst, was soll 'n Dieb schon finden? Das ulkige Geschirr vielleicht?«

»Mist!« mischte sich Shinwell Johnson mit der entschiedenen Stimme des Fachmannes ein. »Keiner nimmt ein'm so 'n Zeug ab, das du nich' einschmelzen oder zu Mäusen machen kannst.«

»Sehr richtig«, bestätigte Holmes. »Also, Miss Winter, wollen Sie sich morgen um fünf Uhr wieder hier einfinden? Ich werde inzwischen überlegen, ob man nicht tatsächlich eine

Begegnung zwischen Ihnen und der Lady, wie sie Ihnen vorschwebt, arrangieren sollte. Für Ihre Mitarbeit bin ich Ihnen außerordentlich verbunden. Ich brauche nicht darauf hinzuweisen, daß meine Mandanten großzügig . . .«

»Hören'se auf, Mr. Holmes!« wehrte die junge Frau ab. »Ich bin hier nich' auf Arbeit. Wenn ich nur den Kerl in der . . . ich meine im Dreck sitzen sehe, is' alles bestens. Ja, im Dreck – und mein Fuß auf seiner verdammten Fresse. Das is' mein Preis. Ich mach mit – morgen oder sonst wann, solang' Sie hinter ihm her sind. Porky weiß immer, wo ich stecke.«

Ich sah Holmes erst am nächsten Abend, als wir wieder in unserem Restaurant am Strand zu Abend aßen. Als ich ihn fragte, ob er bei seinem Interview Glück gehabt habe, zuckte er die Achseln. Dann erzählte er mir, wie sich alles abgespielt hatte. Ich will seinen knappen, trockenen Bericht hier in etwas abgerundeter Form wiedergeben, damit mehr Leben hineinkommt.

»Die Verabredung zustande zu bringen war weiter nicht schwer«, begann er, »denn das Mädchen trägt unterwürfigsten Gehorsam zur Schau – in allen nebensächlichen Dingen. Sie versucht damit ihre brüske Auflehnung in der Liebesaffäre wieder wettzumachen. Der General rief mich an: man sei bereit. Und die hitzige Miss Winter rückte vereinbarungsgemäß ins Feld. Um halb sechs Uhr setzte uns eine Kutsche vor den Toren von 104, Berkeley Square, ab, wo der alte Offizier seinen Wohnsitz hat. Es ist eine jener schrecklichen düstergrauen Londoner Burgen, neben denen eine Kirche sich noch frivol ausnähme. Ein Diener führte uns in ein großes Wohnzimmer mit gelben Vorhängen. Und dort erwartete uns bereits die Lady – spröde, blaß, selbstbeherrscht, so unbeugsam und entrückt wie eine Schneestatue auf einem Berg.

Wie ich sie Ihnen schildern soll, Watson, weiß ich nicht. Vielleicht werden Sie ihr einmal begegnen, ehe wir diese Sache durchgefochten haben, und Sie können dann von Ihrer

Gabe des Wortes Gebrauch machen. Ja, sie ist schön; aber von jener ätherischen Schönheit aus der Welt einiger Fanatiker, die hoch über dem Erdboden wandeln. Ich habe solche Gesichter auf den Gemälden mittelalterlicher Meister gesehen. Wie dieses Vieh von Mann seine schmutzigen Klauen auf solch ein unirdisches Wesen legen konnte, bleibt mir schleierhaft. Aber Sie werden ja auch schon bemerkt haben, daß Gegensätze einander anziehen, das Geistige und das Animalische, der Höllenmensch und der Engel. So etwas. Sie werden nie einem schlimmeren Beispiel begegnen als diesem hier.

Sie wußte natürlich, weshalb wir gekommen waren. Der Schurke hatte keine Zeit verloren und ihren Sinn gegen uns vergiftet. Miss Winters Ankunft verwunderte sie allerdings ein wenig, glaube ich. Gleichwohl bot sie uns mit hoheitsvoller Geste Stühle an, wie eine ehrwürdige Äbtissin zwei räudige Bettler empfangen würde. Wenn Sie wieder einmal einen heißen Kopf bekommen sollten, Watson, nehmen Sie sich ein Beispiel an Violet de Merville! ›Ihr Name‹, begrüßte sie mich mit einer Stimme, die mich wie Wind von einem Eisberg anwehte, ›ist mir geläufig. Sie suchen mich hier auf, wenn ich recht verstehe, um meinen Verlobten, Baron Gruner, anzuschwärzen. Nur aus Rücksicht auf meinen Vater empfange ich Sie überhaupt, und ich warne Sie im voraus: Alles, was Sie vorbringen, wird auf meine Einstellung nicht die geringste Wirkung ausüben!‹

Sie tat mir leid, Watson. Ich empfand in diesem Augenblick für sie wie für eine eigene Tochter. Beredt bin ich nicht gerade oft. Ich gebrauche meinen Kopf, nicht mein Herz. Aber ich redete ihr ins Gewissen mit einer warmen Flut von Worten, wie sie meine Natur kaum jemals findet. Ich schilderte ihr die furchtbare Lage der Frau, die den Charakter ihres Mannes erst nach der Heirat durchschaut; einer Gattin, die sich den Liebkosungen blutiger Hände und verderbter Lippen unterwerfen muß. Ich ersparte ihr nichts: die Schande, die Qual, die Todesangst, die Hoffnungslosigkeit. Doch meine glühenden Schilderungen riefen nicht die leiseste Färbung ihrer Elfenbeinwangen noch einen Funken von Anteilnahme in ihren abwesenden Augen hervor. Ich mußte an das denken, was der Schurke über nachträgliche Wirkung der Hypnose geäußert hatte. Tatsächlich hätte man glauben können, daß sie sich in einem ekstatischen Traum und nicht auf dieser Erde befand. Trotzdem war keinerlei Unklarheit in ihren Antworten.

›Ich habe Sie geduldig angehört, Mr. Holmes‹, erklärte sie. ›Der Einfluß auf meinen Geist ist genauso, wie ich es vorhersagte. Ich bin mir bewußt, daß Adelbert, daß mein Verlobter ein stürmisches Leben hinter sich hat, in dem er sich bitteren Haß und die ungerechtesten Verleumdungen zuzog. Sie sind nur der letzte einer ganzen Reihe, die ihre Schmähreden gegen ihn bei mir vorgebracht haben. Möglicherweise war es sogar gut von Ihnen gemeint, obwohl ich höre, daß Sie ein bezahlter Agent sind, der genauso eingewilligt hätte, für den Baron zu arbeiten wie gegen ihn. Aber wie dem auch sei, ich möchte, daß Sie sich ein für allemal klar darüber werden: Ich liebe diesen Mann, und er liebt mich. Die Meinung der ganzen Welt ist für mich nicht mehr als das Gezwitscher der Vögel draußen vorm Fenster. Wenn sein nobler Charakter je auch nur einen Augenblick schwankte, dann wäre es wohl erst recht meine Aufgabe, ihn wieder auf seine eigentliche Höhe emporzutragen ... Übrigens ist mir nicht recht erfindlich‹, fuhr sie mit hoheitsvoller Kühle fort, während ihr unbeteiligter Blick zu meiner Gefährtin hinüberglitt, ›wer dieses Fräulein hier ist?‹

Ich wollte eben antworten, als die Betroffene wie ein Wirbelwind dazwischenfuhr. Wenn Sie je Feuer und Eis haben aufeinanderprallen gesehen haben, dann bei diesen zwei Frauen.

›Das kann ich Ihnen sagen, wer ich bin‹, schrie Miss Winter und sprang von ihrem Stuhl auf; ihr Mund war von Leidenschaft verzerrt. ›Sein letztes Liebchen bin ich, ja! Eine von Hunderten, die er ausprobiert, auf die schiefe Bahn gebracht und dann auf den Müllhaufen geschmissen hat. Genauso wird's Ihnen gehen. Das heißt, Ihr Mülleimer is' wahrscheinlich 'n Grab. Und da könn' Sie noch von Glück sagen. Hörn'se auf mich, Sie arme Irre, wenn Sie den Mann heiraten, sind Sie in Null Komma nichts 'ne Leiche. Ob Ihr Herzchen bricht oder Ihr Hals, ganz egal, irgendwie erledigt er Sie schon. Hören Sie, ich red' nich' wegen Ihrer schönen Augen so. Is' mir doch Wurst, ob Sie am Leben bleiben oder nich'. Es is' bloß, weil ich ihn hasse, weil ich's ihm heimzahlen will, was er mit mir gemacht hat. Und so hochmütig brauchen Sie mich gar nich' anzusehen, meine Gnädigste! Kann nämlich sein, daß Sie noch tiefer absacken als ich, eh' der Spaß zu Ende is'!‹

›Ich lehne es ab, mit Ihnen über derlei zu verhandeln‹, entgegnete Miss de Merville kalt. ›Lassen Sie sich gesagt sein, es ist mir durchaus bekannt, daß mein Verlobter dreimal in seinem Leben in Beziehungen zu intriganten Frauenzimmern verstrickt war. Aber ich weiß auch ebenso sicher, daß er alles Schlechte, was er unter ihrem Einfluß vielleicht getan hat, aufrichtig bereut.‹

›Dreimal in seinem Leben!‹ Meine Gefährtin lachte schrill auf. ›Ihnen is' einfach nich' zu helfen!‹

›Ich ersuche Sie, Mr. Holmes, die Zusammenkunft jetzt zu beenden‹, sagte die eisige Stimme. ›Ich habe meines Vaters Wunsch respektiert, indem ich Sie empfing. Aber ich bin nicht verpflichtet, die Tobsuchtsanfälle dieser Person über mich ergehen zu lassen.‹

Mit einem Fluch stürzte Miss Winter vorwärts. Und hätte ich sie nicht am Handgelenk festgehalten, sie wäre der aufreizenden Lady mit allen zehn Fingern ins Haar gefahren. Ich zerrte sie zur Tür und kann von Glück sagen, daß es mir gelang, sie ohne Aufsehen wieder in die Droschke zu setzen. Sie kochte vor Wut. Und sogar ich ärgerte mich auf meine kühle Weise nicht wenig, Watson, denn es lag etwas unbeschreiblich Provozierendes in der unbeteiligten Ruhe und überlegenen Selbstgefälligkeit dieser Frau, die wir retten wollten ... So, nun sind Sie wieder ganz auf dem laufenden, lieber Freund. Es ist klar, daß ich eine neue Eröffnung planen mußte, denn dieses Gambit bringt uns nicht weiter. Ich bleibe mit Ihnen in Verbindung, Watson; es ist mehr als wahrscheinlich, daß Sie Ihre Rolle noch zu spielen haben. Trotzdem halte ich es für gut möglich, daß der nächste Schachzug eher von ihnen als von uns ausgeführt wird.«

Und genauso war es. Ihr Schlag fiel oder vielmehr Gruners Schlag, denn daß die Lady davon wußte, kann ich nicht glauben. Aber ich könnte noch heute genau den Pflasterstein bezeichnen, auf dem ich stand, als mein Blick auf die ausgehängte Anzeige fiel und der Schreck mich wie ein Stich mitten ins Herz traf.

Es war zwischen dem Grand Hotel und dem Charing-Cross-Bahnhof, wo ein einbeiniger Zeitungsverkäufer seine Abendausgabe verteilte.

Das Datum war genau der dritte Tag nach unserer letzten Unterhaltung.

Da stand sie in fetten Buchstaben, schwarz auf gelb, die schlimme Schlagzeile:

Mordüberfall auf Sherlock Holmes

Ich glaube, ich blieb einige Augenblicke, wie betäubt stehen. Dann folgte, so erinnere ich mich undeutlich, mein Griff nach einer Zeitung, die Mahnung des Mannes, weil ich zu zahlen vergessen hatte, und schließlich die Toreinfahrt einer Apotheke, in der ich die verhängnisvolle Spalte aufschlug. Sie lautete:

Mit tiefem Bedauern hören wir, daß Mr. Sherlock Holmes, der bekannte Privatdetektiv, heute vormittag das Opfer eines Mordüberfalls wurde und in eine höchst bedenkliche Lage geriet. Genaue Einzelheiten über seinen Befund liegen nicht vor, aber der Vorfall scheint sich gegen zwölf Uhr in der Regent Street, vor dem Café Royal, ereignet zu haben. Der Angriff erfolgte durch zwei Männer, die mit Stöcken bewaffnet waren. Mr. Holmes erhielt Schläge auf Kopf und Körper, wodurch ihm Verletzungen zugefügt wurden, die der Arzt als sehr ernst bezeichnet. Der Verletzte wurde in das Charing Cross Hospital gebracht. Später bestand er darauf, daß man ihn in seine Wohnung in der Baker Street fuhr. Es heißt, die niederträchtigen Angreifer seien gut und herrenmäßig gekleidet gewesen. Sie entwischten nach der Tat in das Café und tauchten dann in der dahinterliegenden Glasshouse Street unter. Zweifellos gehören sie einer Verbrecherclique an, die schon mehrmals Gelegenheit hatte, die Tatkraft und geniale Findigkeit des Verletzten zu beklagen.

Kaum hatte ich den Bericht auch nur überflogen, als ich – das brauche ich wohl nicht zu betonen – auch schon in eine Droschke sprang, um in die Baker Street zu fahren. Auf dem Vorplatz begegnete ich Sir Leslie Oakshott, dem berühmten Wunderarzt, dessen Brougham ich schon an der Ecke hatte warten sehen.

»Keine unmittelbare Gefahr«, berichtete er. »Zwei Platzwunden in der Schädeldecke und einige beträchtliche Quetschungen. Ich mußte an mehreren Stellen nähen, ihm eine Morphiuminjektion geben. Die Hauptsache ist jetzt Ruhe. Aber wenn Sie zu ihm hineinschauen wollen, nicht länger als ein paar Minuten, so habe ich nicht unbedingt etwas dagegen.«

Mit dieser Erlaubnis schlich ich mich in das abgedunkelte Zimmer. Der Patient war hellwach, und ich hörte ihn heiser meinen Namen flüstern. Die Jalousie hatte man zu drei Vierteln heruntergelassen, aber ein Sonnenstrahl brach sich Bahn zu dem verbundenen Kopf des Verletzten. Ein karminroter Fleck durchtränkte die weiße Mullkompresse. Mit gesenktem Kopf setzte ich mich an sein Bett.

»Alles in Ordnung, lieber Watson. Schauen Sie nicht so verstört drein!« murmelte er mit recht schwacher Stimme. »Ist nicht so schlimm, wie es aussieht!«

»Gott sei Dank!«

»Sie wissen doch, ich bin so etwas wie ein Knüppelabwehr-
fachmann. Ich hab' die meisten Schläge ganz schön ge-
bremst. Nur der zweite Halunke auch noch, der war mir zuviel.«

»Was kann ich für Sie tun, Holmes? Natürlich hat sie der
verdammte Gruner auf Sie gehetzt. Gleich geh ich und zieh
ihm das Fell ab, wenn es Ihnen recht ist!«

»Guter alter Watson! Nein, in der Richtung können wir jetzt
wenig unternehmen, es sei denn, die Polizei kriegt die zwei
Männer in die Finger. Aber sie hatten gut vorgesorgt und
sich aus dem Staube gemacht. Sicher ist ihr Alibi tadellos.
Ich habe jetzt andere Pläne. Zunächst muß ich meine Verletzungen übertreiben. Sie werden Ihnen das Haus einrennen,
um zu hören, wie's um mich steht. Dann bauschen Sie nur
tüchtig auf, Watson! Etwa: ein Glück, wenn ich diese Woche
noch überlebe – Schädelbruch – Delirium schlimmster Sorte
und so weiter, was Ihnen eben einfällt. Sie können es nicht
schaurig genug darstellen.«

»Aber Sir Leslie Oakshott?«

»Ach, mit dem fädele ich das schon ein. Er wird nur die
schlimmste Seite von mir zu sehen bekommen.«

»Sonst noch was?«

»Ach richtig. Sagen Sie Shinwell Johnson, er soll das Mädchen aus dem Weg schaffen, aufs Land oder irgendwohin.
Diese sauberen Brüder werden jetzt nämlich hinter ihr her
sein. Natürlich wissen sie, daß die Kleine gesungen hat.
Wenn die gewagt haben, mich anzufallen, werden sie das
arme Ding kaum ungeschoren lassen, und das könnte sehr
unangenehm für sie werden. Das wäre dringend. Sagen Sie's
ihm heute noch!«

»Ich gehe schon. – Noch ein Wunsch?«

»Legen Sie mir die Pfeife auf den Tisch – und den Tabaksbeutel. So – fein, danke. Schauen Sie bitte jeden Vormittag hier herein, damit wir unseren Schlachtplan entwerfen,
ja?«

Mit Johnson kam ich noch am gleichen Abend überein, er

solle Miss Winter in einem ruhigen Vorort unterbringen und dafür sorgen, daß sie sich still verhielt, bis die Gefahr vorüber war.

Sechs Tage lang lebte die Öffentlichkeit in dem Eindruck, Holmes befinde sich an der Schwelle des Todes. Die Bulletins waren sehr ernst, und unheilschwangere Artikel standen in der Zeitung. Indessen unterrichteten mich meine täglichen Besuche, daß es so schlimm nicht war. Die drahtige Konstitution dieses Mannes und seine entschlossene Willenskraft wirkten Wunder. Seine Genesung schritt rasch fort. Bisweilen hatte ich sogar die Vermutung, er erhole sich noch schneller, als er selbst mir eingestand. Seine sonderbare Verschlossenheit hatte schon manchen dramatischen Effekt gezeigt, ließ jedoch auch seine nächsten Freunde gern im unklaren, was er wirklich plante. Bis zum Äußersten handelte er nach dem Grundsatz, daß nur der sicher plant, der allein plant. War ich auch vertrauter mit ihm als irgend jemand sonst, so spürte ich doch immer wieder den Abgrund zwischen uns.

Am siebenten Tag nahm man die Fäden heraus.

Trotzdem erschien im Abendblatt ein Bericht über eine Gesichtsrose.

In derselben Zeitung fand ich eine Nachricht, die ich meinem Freund überbringen mußte, ob er nun krank oder gesund war. Es drehte sich einfach darum, daß Baron Gruner sich in die Fahrgastliste des Passagierdampfers RURITANIA eingetragen hatte. Und dieser sollte am Freitag von Liverpool aus in See stechen. Der Baron habe noch dringende Finanzgeschäfte in den Staaten abzuwickeln, ehe seine Heirat mit Miss Violet de Merville, der einzigen Tochter des Generals usw. Mit geballter Konzentration auf seinem bleichen Gesicht hörte Holmes sich diese Neuigkeit an, was mich durchaus darüber belehrte, wie schwer er davon getroffen wurde.

»Freitag!« rief er aus. »Nur noch drei Tage! Ich glaube, der Wicht will lediglich aus der Gefahrenzone verduften. Aber das wird ihm nicht so ohne weiteres glücken. Watson. Beim

Zeus, das wird es nicht! So, und jetzt dürfen Sie einiges für mich tun, mein Lieber!«

»Dazu bin ich ja da, Holmes.«

»Gut, dann beschäftigen Sie sich die nächsten vierundzwanzig Stunden mit chinesischem Porzellan!«

Nähere Erklärungen gab er nicht ab, und ich bat ihn auch nicht darum. Durch lange Erfahrung war mir die Weisheit des Gehorsams in Fleisch und Blut übergegangen. Als ich sein Zimmer verlassen hatte, wanderte ich die Baker Street entlang und wälzte in meinem Hirn die Überlegung, wie ich um alles in der Welt nur diesen sonderbaren Befehl ausführen sollte. Schließlich fuhr ich zu der Londoner Bibliothek am St.-James-Platz, unterbreitete die Angelegenheit dem zweiten Bibliothekar, meinem Freund Lomax, und kehrte mit einem ansehnlichen Folianten unterm Arm in meine Wohnung zurück. Ein Advokat, heißt es, paukt übers Wochenende mit solcher Gewissenhaftigkeit einen Fall ein, daß er jeden gewandten Zeugen montags auf Herz und Nieren prüfen kann – und hat doch all die Kenntnisse, die er sich so gewaltsam aneignete, schon vor dem Samstag wieder vergessen. Ebenso würde ich zur Zeit gewiß nicht als Fachmann auf dem Gebiet des Porzellans gelten wollen. Und doch habe ich damals einen Abend lang und die ganze Nacht hindurch, mit einer kurzen Ruhepause nur, und dann wieder den ganzen nächsten Vormittag mir alles Wissenswerte darüber einverleibt und zahllose Namen auswendig gelernt. Ich bildete mich über die Echtheitsstempel der großen Kunsthandwerker, vom Geheimnis zyklischer Daten und Signaturen des Hung Wu bis zu den besonderen Schönheiten der Yung-Lo-Periode, von den Beschriftungen aus dem Tang Yin bis zur Glanzherrschaft der Primitiven des Sung und des Yuan.

Vollgestopft mit all diesen Errungenschaften suchte ich Holmes am nächsten Abend auf. Er durfte jetzt schon aufstehen, obwohl man das aus den öffentlichen Berichten nicht hätte schließen können. Seinen dickvermummten

Kopf in die Hand gestützt, saß er in der Tiefe seines geliebten Ohrensessels.

»Na, Holmes«, begrüßte ich ihn, »wenn man den Zeitungen glauben darf, liegen Sie im Sterben.«

»Das«, sagte er, »ist ja der Eindruck, den ich erwecken will. Und Sie, lieber Watson, haben Sie Ihre Lektion gelernt?«

»Wenigstens versucht.«

»Gut. Sie könnten demnach eine kluge Plauderei über dieses Thema durchhalten?«

»Ich glaube schon.«

»Dann reichen Sie mir bitte mal die kleine Schachtel dort vom Kaminsims herüber!«

Er lüftete den Deckel und nahm einen kleinen, sorgfältig in orientalische Seide gewickelten Gegenstand heraus. Als er das Tuch entfaltete, brachte er einen allerliebsten kleinen Teller von einem wundervollen tiefen Blau zum Vorschein.

»Sie müssen sehr vorsichtig damit umgehen, Watson. Das ist echte Eierschalenkeramik der Ming-Dynastie. Kein schöneres Stück ist je durch die Hände eines Sammlers gegangen. Ein vollständiges Service wäre ein Vermögen wert. Tatsächlich ist zu bezweifeln, ob es außerhalb des kaiserlichen Palastes in Peking überhaupt noch eines gibt. Allein der Anblick macht den Kenner verrückt darauf.«

»Und was soll ich damit tun?«

Holmes händigte mir eine Karte aus, auf die gedruckt war: Dr. Hill Barton, 369 Half Moon Street.

»Das ist Ihr Name für heute abend, Watson. Sie werden Baron Gruner aufsuchen. Ich weiß einiges über seine übliche Tageseinteilung. Um halb neun Uhr wird er voraussichtlich seiner Verpflichtungen ledig und zu Hause anzutreffen sein. Durch eine kurze Nachricht wollen wir ihn im voraus von Ihrer Visite in Kenntnis setzen. Und Sie sagen dann, daß Sie ein Muster von einem ganz einzigartigen Chinaservice der Ming-Periode bringen. Von Beruf können Sie ruhig Arzt sein, da das eine Rolle ist, die Sie nicht erst einstudieren müssen. Sie sind Sammler und auf dieses seltene Stück ge-

stoßen. Sie haben von des Barons Interesse auf diesem Gebiet gehört und sind nicht abgeneigt, den Teller zu ange-
messenem Preis zu verkaufen.«

»Zu welchem Preis?«

»Gut gefragt, Watson! Sie würden erheblich an Ansehen
einbüßen, wenn Sie den Wert Ihrer eigenen Ware nicht
kennen. Das Tellerchen hat Sir James für mich besorgt. Er
entstammt, soviel ich weiß, der Sammlung seines Klienten.
Sie übertreiben nicht, wenn Sie andeuten, daß sich seines-
gleichen kaum ein zweites Mal in der Welt finden dürfte.«

»Vielleicht könnte ich vorschlagen, das Stück von einem
Experten schätzen zu lassen.«

»Ausgezeichnet, Watson! Sie sprühen heute vor Geist.
Schlagen Sie Christie oder Sotheby vor. Ihre Vornehmheit
hält Sie davon ab, selbst einen Preis anzusetzen.«

»Aber wenn er mich gar nicht sehen will?«

»Oh, er will bestimmt. Er hat die Sammlermanie in ihrer
ausgeprägtesten Form – und ganz besonders auf diesem
Sektor, wo er auch eine anerkannte Autorität ist. Setzen Sie
sich, Watson! Ich diktiere Ihnen jetzt den Brief. Antwort ist
nicht erforderlich. Sie kündigen einfach Ihr Kommen und
den Grund dafür an.«

Es wurde ein bewunderungswürdiges Dokument. Kurz,
höflich, die Neugier des Kenners reizend. Ein Bote wurde
mit der Beförderung des Schreibens beauftragt.

Am selben Abend noch machte ich mich als Dr. Hill Barton,
mit der kostbaren Untertasse ausgerüstet, zu meinem eigenen Abenteuer auf den Weg.

Das prächtige Haus und das Grundstück bezeugten, daß
Baron Gruner zu Recht von Sir James als ziemlich vermö-
gend dargestellt worden war. Von seltenen Strauchgewäch-
sen zu beiden Seiten gesäumt, mündete die lange, gewun-
dene Auffahrt auf einen großen, statuengeschmückten
gekiesten Vorplatz. Mit seinen vielen Ecktürmen architek-
tonisch zwar ein Alptraum, wirkte das Besitztum allein

durch wuchtige Größe und Solidität imponierend. Ein Butler
– er wäre die Zierde eines ganzen Bischofskollegiums gewesen – ließ mich ein und überantwortete mich einem in
Plüsch livrierten Diener, von dem ich zu seiner erlauchten
Herrschaft geführt wurde.

Vor dem geöffneten Glasschrank zwischen den beiden Fenstern, der einen Teil seiner Porzellansammlung enthielt,
stand der Baron, er hielt gerade eine kleine braune Vase in
den Händen.

Als ich eintrat, wandte er sich um und sagte:

»Setzen Sie sich doch bitte, Doktor! Ich habe mir soeben
wieder einmal meine eigenen Schätze angesehen und mich
gefragt, ob ich es mir wirklich leisten kann, noch etwas hinzuzufügen. Dieses kleine Stück aus der Tang-Zeit wird Sie
wahrscheinlich interessieren. Ich bin sicher, daß Sie feinere
Handarbeit und prächtigere Lasierung noch nirgends zu sehen bekamen. Haben Sie den kleinen Ming-Teller, von dem
Sie schrieben, bei sich?«

Behutsam packte ich das Kunstwerk aus und reichte es dem
Baron. Er setzte sich an seinen Schreibtisch, zog die Lampe
senkrecht darüber, denn es dunkelte schon, und machte sich
daran, das Stück sorgfältig zu prüfen. Dabei fiel das gelbe
Licht grell auf seine Züge, so daß ich Gelegenheit fand, sie
eingehend zu betrachten.

Zweifellos war er ein bemerkenswert gutaussehender
Mann. Der Ruf seiner Schönheit hatte durchaus Berechti-
gung. Kaum mehr als mittelgroß, besaß er einen straffen
und zugleich anmutigen Körperbau. Sein Gesicht war
bräunlich, fast orientalisch anmutend, und darin lagen zwei
große, dunkle Schmachtaugen, die wohl eine unwiderstehli-
che Faszination auf Frauen ausüben mochten. Er hatte ra-
benschwarzes Haar und ein ebensolches spitzzulaufendes,
sorgfältig gewichstes Schnurrbärtchen. Bis auf eine Ausnahme konnte man seine Züge als regelmäßig und angenehm bezeichnen; und die war der gerade, dünnlippige
Mund. Wenn ich je den Mund eines Mörders gesehen habe,

dann diesen hier. Ein grausamer, harter Schnitt; zusammen-
gekniffen, unerbittlich und furchtbar. Man hatte ihn
schlecht beraten, das Bärtchen davon wegzufrisieren, denn
so bildete er ein natürliches Warnsignal für seine Opfer. Die
Stimme dieses Mannes war gewinnend, und er verfügte
über vollendete Manieren. Ich hätte ihn nicht für viel älter
als dreißig Jahre gehalten. Aber seine Personalien ergaben
später, daß er zweiundvierzig war.

»Schön – wirklich sehr schön!« erklärte er schließlich. »Und
Sie sagen, Sie haben ein sechsteiliges Service in dieser Ausführung? Was mich verwundert, ist, daß ich von diesen
Prachtexemplaren nie etwas gehört habe. Ich kenne nur eine
Untertasse in ganz England, welche sich mit dieser hier mes-
sen kann, und die ist aller Wahrscheinlichkeit nach nicht
verkäuflich. Würden Sie es für indiskret halten, Dr. Hill Barton, wenn ich Sie frage, wie Sie dazu gelangt sind?«
»Ist das wirklich von Bedeutung?« entgegnete ich mit der
sorglosesten Miene, die ich nur zustande brachte. »Sie sehen ja selbst, das Stück ist echt – und was seinen Wert anbelangt, so wäre ich mit dem Schätzungsergebnis eines Sach-
verständigen zufrieden.«
»Sehr geheimnisvoll«, bemerkte er, und seine dunklen
Augen blitzten argwöhnisch auf. »Bei Objekten von so ho-
hem Wert möchte man natürlich alles über die Transaktion
wissen. Die Echtheit ist freilich nicht anzuzweifeln. Aber angenommen – ich muß ja jede Möglichkeit in Betracht ziehen –, es stellt sich hinterher heraus, daß Sie kein Verkaufs-
recht hatten?«
»Ich würde Ihnen Garantien bieten.«
»Das nun wiederum würfe die Frage auf, was Ihre Bürg-
schaft wert ist.«
»Meine Bank ist ermächtigt, Auskunft zu geben.«
»Ausgezeichnet. Und trotzdem kommt mir der ganze Han-
del recht ungewöhnlich vor.«
»Es steht Ihnen frei, das Geschäft zu machen oder abzuleh-
nen«, versetzte ich gleichgültig. »Ich habe Ihnen die Vor-

hand gelassen, weil ich Sie für einen Kenner hielt. Aber ich werde anderswo keine Schwierigkeiten haben.«

»Wer hat Ihnen gesagt, ich sei ein Kenner?«

»Ich weiß, daß es ein Buch von Ihnen über diesen Gegenstand gibt.«

»Haben Sie es gelesen?«

»Nein.«

»Also hören Sie! Das wird immer undurchsichtiger für mich. Sie sind ein Kenner und Sammler. Sie besitzen ein sehr kostbares Stück. Gleichwohl erachteten Sie es nicht für nötig, das einzige Buch zu Rate zu ziehen, das Sie über Wert und Bedeutung dessen, was Sie in Händen halten, unterrichtet hätte. Können Sie mir das erklären?«

»Ich bin hauptberuflich Arzt und habe meine Praxis, also sehr viel zu tun.«

»Das ist keine Antwort. Wenn jemand ein echtes Hobby hat, widmet er sich ihm, ganz gleich, was seine anderen Verpflichtungen sein mögen. Und Sie gaben in Ihrem Brief an, Sie seien ein Kenner!«

»Das bin ich auch.«

»Dürfte ich Ihnen eine kleine Testfrage stellen? Ich muß schon sagen, Doktor – wenn Sie wirklich Arzt sind –, daß dieser Vorfall mir immer verdächtiger erscheint. Was zum Beispiel wissen Sie über den Kaiser Shomu – und wie bringen Sie ihn in Verbindung mit dem Shoso-in bei Nara? Sieh mal an, verwirrt Sie das? Erzählen Sie mir doch ein wenig von der nördlichen Wei-Dynastie und ihrem Platz in der Geschichte der Töpfereikunst!«

In vorgetäuschtem Ärger sprang ich von meinem Stuhl auf. »Das ist unerträglich, Sir!« rief ich. »Ich bin hierhergekommen, um Ihnen einen Gefallen zu tun und nicht, um von Ihnen wie ein Schuljunge geprüft zu werden. Mögen meine Kenntnisse auf diesem Gebiet auch für Ihresgleichen nur zweitrangig sein, ich werde bestimmt keine Fragen beantworten, die mir in so beleidigender Weise gestellt werden.«

Unverwandt heftete er seinen Blick auf mich. Alle Verträumtheit war aus seinen Augen gewichen. Sie glühten plötzlich, und zwischen den zwei grausamen Lippen schimmerte das Weiß seiner Zähne.

»Was wird hier gespielt? Sie sind ein Spitzel. Holmes hat Sie als Kundschafter geschickt. Das ganze Theater war eine Falle. Der Kerl stirbt, wie ich höre, aber er gebraucht noch seine Werkzeuge, um mich zu beobachten. Sie haben sich hier unerlaubterweise Zutritt verschafft – und werden, bei Gott, nicht ebenso leicht wieder den Ausweg finden.«

Er war aufgesprungen. Ich trat zurück und machte mich auf einen Angriff gefaßt, da der Mann vor Zorn außer sich war. Vielleicht hatte er von Anfang an Argwohn geschöpft. Zumindest aber war ihm während dieses Kreuzverhörs die Wahrheit aufgegangen. Ich konnte nicht mehr hoffen, ihn zu täuschen. Wütend wühlte er in einer Schublade, doch da schien plötzlich ein ungewohnter Laut an sein Ohr gedrungen zu sein, und er lauschte gespannt.

»Ah!« schrie er auf. »Ah!« und stürzte in den hinteren Raum. Mit zwei Schritten war ich an der offenen Tür. Und die Szene, die sich jetzt vor meinen Augen im Inneren des Arbeitszimmers abspielte, wird immer als klares Bild in meinem Gedächtnis haften. Das Fenster nach dem Garten hin war weit offen. Daneben stand, mit blutigem Verband um den Kopf und mit seinem weißen Gesicht anzusehen wie ein Gespenst, Sherlock Holmes. Im nächsten Augenblick war er durch die Fensteröffnung hinausgesprungen, und ein dumpfes Rascheln kündigte von seiner Landung im Gebüsch. Wild vor Empörung wollte der Herr des Hauses ihm nach.

Da geschah es, im Bruchteil einer Sekunde, und doch konnte ich alles ganz deutlich verfolgen. Ein Arm – ein Frauenarm schoß von draußen aus den Zweigen hervor. Fast gleichzeitig stieß der Baron einen gräßlichen Schrei aus – und dieses tierhafte Gebrüll wird mir mein Lebtag in den Ohren gellen. Er schlug beide Hände vors Gesicht, raste im Zimmer umher und rannte mit seinem Kopf gegen die Wand.

»Wasser! Um Himmels willen, Wasser!« schrie er. Dann fiel er auf den Teppich, wälzte und wand sich, während ein Schmerzensschrei nach dem anderen durchs Haus dröhnte. Ich ergriff eine Karaffe, die auf einem Tischchen stand, und eilte zu Hilfe.

Aus der Flurhalle kamen der Butler und etliche Bedienstete herbeigelaufen. Ich erinnere mich, daß einer von ihnen ohnmächtig wurde, als ich bei dem Verletzten kniete und dessen grauenhaft verunstaltetes Gesicht der Lampe zuwandte. Das Vitriol fraß sich überall ins Fleisch und troff ihm von Ohren und Kinn herab. Ein Auge war bereits glasig und wie von einer weißen Schicht überzogen, das andere rot und entzündet. Die Züge, die ich kurz zuvor noch bewundert, glichen jetzt einem Bildnis, über das der Künstler mit einem schmutzigen nassen Schwamm gewischt hat: verschmiert, entfärbt, unmenschlich.

In wenigen Worten erklärte ich, was geschehen war, soweit es den Überfall mit dem Vitriol betraf. Einige vom Hauspersonal kletterten durchs Fenster und durchsuchten den Garten. Aber es war stockfinster und hatte zu regnen begonnen. Immer wieder schrie das Opfer vor Schmerz laut auf, und dazwischen tobte es gegen sie, die sich so gerächt hatte.

»Es war Kitty Winter, diese Höllenbrut!« raste er. »Dieses Teufelsweib, das soll sie büßen! Dafür wird sie mir bezahlen. Herrgott im Himmel, diese Qualen sind ja nicht auszuhalten.«

Ich badete sein Gesicht in Öl, legte Watte auf die verätzten Stellen und spritzte Morphium subkutan. Durch den Schock war in dem Unglückseligen jeder Verdacht gegen mich geschwunden. Er umklammerte meine Hände, als läge es noch in meiner Macht, wieder Licht in seine verglasten Augen zu bringen, die mich wie die eines toten Fisches anstarrten. Ich hätte über diese Verwüstung weinen können, wäre mir das verbrecherische Leben nicht bewußt gewesen, das die schreckliche Veränderung herbeigeführt hatte. Ich fühlte mich von dem Druck und dem Streicheln seiner brennend-

149

heißen Hände angeekelt und war erleichtert, als sein Hausarzt, der einen Spezialisten mitbrachte, mich ablöste. Auch ein Polizeiinspektor war mittlerweile eingetroffen, und ihm sagte ich die volle Wahrheit. Es wäre so nutzlos wie unsinnig gewesen, anders zu handeln, denn man kannte mich bei Gericht fast ebensogut wie Holmes selbst. Danach verließ ich dieses Haus des Grauens und langte eine Stunde später in der Baker Street an.

Holmes saß in seinem altgewohnten Lehnsessel. Er sah blaß und erschöpft aus. Von seinen noch nicht verheilten Verletzungen abgesehen, waren sogar seine eisernen Nerven von den Ereignissen dieses Abends mitgenommen. Voller Entsetzen hörte er zu, als ich schilderte, wie das Vitriol den Baron verunstaltet hatte.

»Der Sünde Lohn, Watson, der Sünde Lohn!« sagte er. »Früher oder später trifft er immer ein. Gott weiß, daß hier ein Sündenpfuhl war«, fügte er hinzu und nahm einen braunen Lederband vom Tisch.

»Da, das Buch, von dem das Mädel gesprochen hat. Wenn das die Heirat nicht auffliegen läßt, dann nichts auf der Welt. Aber das hier bringt es fertig, es muß! Keine Frau, die noch Selbstachtung besitzt, erträgt so etwas.«

»Sein Liebestagebuch?«

»Schon eher das Tagebuch seiner Ausschweifungen. Nennen Sie es, wie Sie wollen. Im Augenblick, da Miss Winter es erwähnte, wurde mir klar, welch ungeheure Waffe wir damit in die Hand bekämen. Ich behielt damals meine Gedanken für mich. Denn die Kleine hätte vielleicht den Mund nicht gehalten. Aber ich grübelte weiter darüber nach. Dann verschaffte mir dieser Anschlag auf mich die Möglichkeit, den Baron im Glauben zu lassen, er müsse keine weiteren Schutzmaßnahmen gegen mich ergreifen. Das war alles sehr gut so. Ich hätte noch ein wenig länger gewartet, aber die von ihm geplante Amerikareise zwang mich zu handeln. Denn ein solch kompromittierendes Dokument hätte er niemals zurückgelassen. Wir mußten sofort zu Werke gehen.

Nächtlicher Einbruch kam nicht in Frage, weil er sich dagegen gesichert hat. Aber wenn ich dafür sorgte, daß seine Aufmerksamkeit abgelenkt wurde, konnte ich am Abend den Versuch wagen. Und das eben sollte durch Ihr Auftreten mit dem blauen Teller bewerkstelligt werden. Aber ich mußte genau wissen, wo das Buch sich befand. Und meine Zeit war begrenzt durch Ihre Kenntnisse über chinesische Töpfereikunst. Deshalb stöberte ich im letzten Augenblick das Mädchen auf. Wie hätte ich erraten sollen, was sie in dem Päckchen bei sich trug, das sie behutsam unter ihrem Mantel verwahrte? Ich dachte, sie sei nur in meinem Dienst gekommen, aber offenbar hatte sie auch ihre eigenen Pläne.«

»Er hat erraten, daß ich von Ihnen kam.«

»Das fürchtete ich. Aber Sie hielten ihn lange genug in Schach, daß ich das Buch holen, wenn auch leider nicht mehr unbemerkt verschwinden konnte ... Ah, Sir James, ich freue mich, daß Sie gekommen sind.«

Unser vornehmer Freund war verabredungsgemäß erschienen. Mit größter Aufmerksamkeit folgte er Holmes' Bericht über den Hergang der Ereignisse.

»Wunder haben Sie vollbracht, Wunder!« rief er aus. »Aber wenn diese Verletzungen so schlimm sind, wie Dr. Watson sie beschreibt, müßte unser Zweck, die Heirat zu unterbinden, doch wohl schon erreicht sein, ohne daß wir von diesem gräßlichen Buch Gebrauch machen.«

Holmes schüttelte den Kopf.

»Nicht bei Frauen vom Schlage Violet de Mervilles. Sie würde ihn als entstellten Märtyrer nur um so mehr lieben. Nein, nein. Sein moralisches Gesicht, nicht sein physisches, müssen wir zerstören. Wenn irgend etwas auf der Welt ihr die Augen öffnen wird, dann dieses Buch. Sie findet darin seine Handschrift. Darüber kommt sie nicht hinweg.«

Sir James nahm beides mit sich, den Lederband und das kostbare Tellerchen. Da ich selbst nicht zu lange bleiben durfte, ging ich gleichzeitig hinunter. Ein Brougham wartete auf ihn. Er sprang hinein, gab dem livrierten Kutscher eilig seine Anweisung und fuhr rasch davon. Seinen Mantel warf er halb über die Fensterkante, um das Wappenschild an der Seite zuzudecken. Doch ich hatte es im Schein unserer Straßenlaterne schon erspäht. Ich räusperte mich vor Erstaunen. Schleunigst machte ich kehrt und lief nochmals die Treppe zu Holmes hinauf.

»Ich habe herausgefunden, wer unser Klient ist!« rief ich und wollte mit meiner Neuigkeit herausplatzen. »Holmes, es ist . . .«

»Ein nobler, zuverlässiger Freund und ritterlicher Gentleman«, unterbrach mich Sherlock Holmes, indem er mir mit leicht erhobener Hand Einhalt gebot. »Das soll uns ein und für allemal genügen.«

Auf welche Weise Miss Violet das schändliche Buch zu sehen bekam, weiß ich nicht. Sir James wird das in die Wege geleitet haben. Oder nein, wahrscheinlicher ist, daß der Vater unserer jungen Lady diese heikle Aufgabe übernahm. Jedenfalls war die Wirkung so, wie man sie sich wünschen durfte. Drei Tage später erschien eine Notiz in der MORNING POST dahingehend, daß die Heirat zwischen Baron Gruner und Miss Violet de Merville nicht stattfinden werde. Dieselbe Zeitung berichtete auch von der ersten Gerichtsverhandlung im Prozeß gegen Kitty Winter, die man wegen ihres Vitriolanschlags unter Anklage stellte. Es kamen jedoch derart mildernde Umstände während der Verhandlung ans Tageslicht, daß sie, wie man sich erinnern wird, zu der leichtesten Strafe verurteilt wurde, die für ein solches Vergehen überhaupt möglich ist. Sherlock Holmes sollte wegen Einbruchdiebstahls belangt werden. Aber wenn ein Zweck gut und ein Klient nobel genug ist, wird sogar die gestrenge britische Justiz human und elastisch. Mein Freund hat bis heute noch nicht auf der Anklagebank gesessen.

Die Löwenmähne

Ein Problem, gewiß so absonderlich und ungewöhnlich wie nur irgendeines während meiner langen Berufslaufbahn, begegnete mir merkwürdigerweise erst nach meinem Rückzug ins Privatleben, ins Refugium meines kleinen Sussexer Heims. Dort gab ich mich ganz jenem wohltuenden Leben in freier Natur hin, nach dem ich mich während vieler Jahre im düsteren London so oft gesehnt hatte; und gerade dort wurde es mir sozusagen vor die Tür gelegt. Zu jener Zeit war der gute Watson fast ganz aus meinem Gesichtskreis entschwunden. Ein Wochenendbesuch ab und an – mehr bekam ich nicht von ihm zu sehen. So muß ich mich schon wieder als mein eigener Chronist betätigen. Ach! Wäre er nur bei mir gewesen, wieviel hätte er aus einem so wunderbaren Abenteuer und meinem schließlichen Triumph über jede Schwierigkeit gemacht! Wie es aber nun einmal ist, muß ich notgedrungen diese Geschichte in meiner eigenen einfachen Art erzählen und mit dürren Worten jeden Schritt auf der beschwerlichen Straße festhalten, die vor mir lag, als ich das Rätsel der *Löwenmähne* zu lösen suchte.

Mein Landhaus steht am südlichen Abhang der Downs und hat einen großartigen Ausblick auf den Ärmelkanal. Die ganze Küstenlinie wird hier von Kreidefelsen gebildet, über die nur ein einziger langer und gewundener Pfad, steil und schlüpfrig, hinunterführt. Das Ufer wird selbst bei Flut von einem etwa sechzig Meter breiten Kieselstrand gesäumt. Hier und dort gibt es auch größere Mulden oder Vertiefungen, die sich immer wieder mit frischem Meereswasser füllen und dann ideale Schwimmbecken abgeben. Dieses wundervolle Gestade erstreckt sich über Meilen in jeder Richtung, unterbrochen nur von dem Dörfchen Fulworth mit seiner Bucht.

Mein Haus liegt einsam. Ich, meine alte Haushälterin und meine Bienen, wir haben das ganze Anwesen für uns. Und in der weiteren Nachbarschaft befindet sich nur Harold Stackhursts bekanntes Lehrinstitut »The Gables«, ein ziemlich großes Besitztum, wo ein paar Dutzend junger Burschen auf verschiedene Berufe vorbereitet werden. Der Leiter, Stackhurst, war zu seiner Zeit ein berühmter Oxford-Ruderer gewesen und ein vorzüglicher Schüler in sämtlichen Fächern. Vom ersten Tag an, da ich mich an der Küste niederließ, fanden wir uns sympathisch. Er ist der einzige Mensch dort, mit dem ich auf so freundschaftlichem Fuße stehe, daß wir uns des Abends ohne besondere Einladung besuchen.

Ende Juli des Jahres 1907 hatten wir in dieser Gegend einen heftigen Sturm. Orkanartig blies er kanalaufwärts; eine Sturmflut überschwemmte den Küstenstrich bis zu den Riffen hinauf und ließ beim Wechsel der Gezeiten eine Lagune zurück. Am nächsten Morgen hatte sich der Wind gelegt. Die ganze Natur war herrlich erfrischt und blankgewaschen. An einem so wundervollen Tag zu arbeiten, brachte ich schlechterdings nicht fertig. Schon vor dem Frühstück spazierte ich hinaus, die köstliche Luft zu genießen. Ich wanderte den schmalen Klippenweg entlang und hörte hinter mir Rufe. Es war Harold Stackhurst, der mir fröhlich grüßend zuwinkte.

»Was für ein Morgen, Holmes! Ich dachte mir schon, daß ich Sie draußen treffen würde.«

»Sie gehen schwimmen, wie ich sehe.«

»Und Sie wenden schon wieder Ihre alten Tricks an«, antwortete er lachend und schlug sich auf die vollgestopfte Rocktasche. »Ja, McPherson ist schon früh aufgebrochen, ich hoffe ihn hier zu finden.«

Fitzroy McPherson, der Lehrer für Naturwissenschaften,

war ein schöner, aufrechter junger Mensch, nur leider in seiner Gesundheit durch einen Herzfehler beeinträchtigt. Aber von Natur ein Athlet, beherrschte er jede Sportart, die ihm keine zu große Anstrengung auferlegte. Sommers wie winters ging er schwimmen, und da ich selbst ein passionierter Schwimmer bin, habe ich mich ihm oft angeschlossen.

Als wir eben von ihm sprachen, sahen wir seinen Kopf auch schon über dem Klippenrand auftauchen. Gleich danach erschien seine ganze Gestalt auf dem Riff. Er wankte wie ein Betrunkener. Und dann warf er seine Hände in die Luft und fiel mit einem furchtbaren Schrei auf sein Gesicht. Stackhurst und ich stürzten zu ihm hin – es waren noch etwa dreißig Meter – und drehten ihn auf den Rücken. Kein Zweifel, er lag im Todeskampf. Die eingefallenen verglasten Augen, die entsetzlich bleichen Wangen – es konnte nichts anderes bedeuten. Für einen kurzen Augenblick flackerte noch einmal Leben auf in seinem Gesicht, und er stieß zwei, drei Worte wie eine Warnung hervor, zwar mehr oder minder nur als ein unartikuliertes Lallen. Aber aus den letzten Silben, die sich ihm wie eine gellende Anklage entrangen, vermochte ich »Löwenmähne« herauszuhören. Es war völlig rätselhaft und undurchsichtig, trotzdem konnte ich den Ausruf in keinem anderen Sinn fassen. Dann bäumte sich sein armer Körper nochmals auf, seine Hände griffen ins Leere. In sich zusammensinkend, fiel er auf eine Seite. Er war tot.

Der furchtbare Schrecken hatte auf meinen Gefährten eine geradezu lähmende Wirkung, während meine Sinne, wie sich denken läßt, aufs äußerste angespannt wurden. Und das erwies sich auch als notwendig, denn es sollte sich gleich herausstellen, daß wir einem ganz außergewöhnlichen Fall gegenüberstanden. Der junge Mann trug lediglich seinen Burberry-Mantel, seine Hosen und ein Paar Segeltuchschuhe mit offenen Schnürsenkeln. Als er zusammenfiel, rutschte ihm der Mantel, den er nur übergeworfen hatte, von der Schulter und entblößte seinen Oberkörper, den wir bestürzt anstarrten. Der Rücken war mit dunkelroten Striemen be-

deckt, als hätte man ihn auf gräßliche Weise mit einer Draht-
peitsche gezüchtigt. Offensichtlich war es ein biegsames
Folterwerkzeug gewesen. Denn die langen entzündeten
Striemen bogen sich um Schulter und Rippen. Blut tropfte
ihm vom Kinn herab, weil er sich im Paroxysmus seines To-
deskampfes die Unterlippe durchgebissen hatte. Sein
schmerzverzerrtes und verkrampftes Gesicht drückte nur zu
sprechend aus, wie grauenhaft dieser Tod gewesen war.
Ich kniete bei dem Leichnam, und Stackhurst stand daneben,
als ein Schatten über uns fiel und wir Levin Murdoch er-
blickten. Das war der Mathematiklehrer vom College, ein
großer, dunkler und sehr hagerer Mensch, so schweigsam
und verschlossen, daß niemand behaupten konnte, er sei
mit ihm befreundet. Er schien in einer hohen unerreichbaren
Region von irrationalen Größen und Kegelschnitten zu leben, wo ihn nur wenig mit dem alltäglichen Dasein verband.
Bei den Studenten galt er als Sonderling und wäre sicher zur
Zielscheibe ihres Spottes geworden, hätte ihn davor nicht
die seltsame fremdländische Mischung in seinem Blut bewahrt. Sie verriet sich nicht nur in seinen kohlschwarzen
Augen und der dunklen Hautfarbe, sondern auch in gelegentlichen Temperamentsausbrüchen, die man nur als rasend bezeichnen konnte. Einmal ärgerte er sich derart über
das Gekläff des kleinen Hundes von McPherson, daß er das
Tier packte und durch die Spiegelglasscheibe zum Fenster
hinausschleuderte; eine Handlung, die vermutlich seine
Entlassung nach sich gezogen hätte, wäre sein Unterricht
nicht so hervorragend gewesen. Jetzt schien er über das Unglück ehrlich erschüttert, obwohl der Vorfall mit dem Hünd-
chen darauf hinweisen mochte, daß zwischen ihm und dem
Toten keine große Sympathie bestanden hatte.
»Armer Kerl, armer Kerl!« flüsterte er. »Was kann ich tun?
Wie kann ich helfen?«
»Waren Sie bei ihm? Haben Sie eine Ahnung, was geschehen
ist?«
»Nein, nein. Ich bin heute spät aufgestanden. Ich war über-

haupt nicht am Strand, komme geradewegs von ›The Gables‹ her. Was kann ich nur tun?«

»Sie können zur Polizeistation in Fulworth laufen und den Unglücksfall melden.«

Ohne ein weiteres Wort zu verlieren, eilte er davon. Ich nahm mich der Sache ebenfalls sofort an, während Stackhurst, noch völlig betäubt, bei der Leiche blieb. Meine erste Aufgabe war natürlich, festzustellen, ob sich jemand am Strand oder in der Nähe aufhielt. Von der höchstgelegenen Stelle des Pfades überblickte ich das ganze Gelände. Mit Ausnahme von zwei oder drei winzigen Silhouetten, die sich in der Ferne auf das Dorf zubewegten, war es vollkommen verlassen. In dieser Hinsicht beruhigt, ging ich langsam den Pfad entlang, über Lehm oder weichen, mit Kalk vermischten Boden. Auf- und abwärts begegnete ich immer wieder derselben Fußspur. Es war also noch niemand außer McPherson heute früh hier gegangen. An einer Stelle beobachtete ich den Abdruck einer offenen Hand, mit den Fingern nach unten. Das konnte nur bedeuten, daß der Ärmste hier gestürzt war. Und runde Spuren zeigten an, daß er mehr als einmal auf die Knie fiel. Am Ende des Weges befand sich die Lagune. Dort hatte McPherson sich wohl ausgezogen, denn sein Handtuch lag auf einem Felsen. Es war zusammengefaltet und trocken. Demnach schien er überhaupt gar nicht ins Wasser gegangen zu sein. Aber zweimal stieß ich auf kleine Sandfelder im Kies, wo sowohl der Abdruck des Segeltuchschuhs wie auch der seines nackten Fußes sichtbar wurde. Diese Tatsache bewies, daß er sehr wohl sich zum Baden vorbereitet hatte. Andererseits sprach das unbenutzte Handtuch dagegen, daß er sein Vorhaben auch ausführte.

Und eben darin lag das Problem. Der junge Mann war nicht länger als eine Viertelstunde, höchstens, am Strand gewesen, denn bald nach seinem Aufbruch von »The Gables« folgte ihm Stackhurst. So konnte darüber kein Zweifel bestehen: Er hatte baden wollen und – wie die nackten Fußabdrücke zeigten – seine Kleider abgestreift. Dann mußte er

sie in großer Hast wieder übergeworfen haben und umgekehrt sein, ohne zu baden oder zumindest ohne sich abzutrocknen. Und der Grund für diese jähe Änderung seiner
Absicht war, daß man ihn in unmenschlich grausamer Weise
gepeitscht hatte, ja, so gefoltert, daß er in wütendem
Schmerz sich eine Lippe durchgebissen hatte und gerade
eben nur noch Kraft genug besaß, wegzukriechen und zu
sterben. Wer konnte diese barbarische Tat begangen haben?
Es gab am Fuße der Klippen zwar kleine Grotten und Höhlen, aber die niedrige Morgensonne schien mitten hinein,
und es bot sich hier kein Versteck. Und die Gestalten am anderen Ende? Sie waren doch wohl zu weit weg, um noch mit
dem Verbrechen in Verbindung gebracht werden zu können. Überdies lag die breite Lagune, in der McPherson hatte
baden wollen, noch dazwischen und plätscherte gegen die
Felsen. Auf dem Meer schwammen in nicht allzu großer
Entfernung zwei Fischerboote. Natürlich blieb noch die
Möglichkeit, die Leute darin zu befragen. Es gab auch noch
verschiedene Wege, die man absuchen konnte, aber eigentlich führte keiner zu einem einleuchtenden Ziel.
Als ich schließlich zu dem Toten zurückkehrte, fand ich eine
kleine Gruppe von Leuten dort versammelt. Natürlich stand
Stackhurst noch dabei. Und Levin Murdoch war gerade mit
Anderson, dem Dorfpolizisten, eingetroffen, einem dicken,
schnauzbärtigen Mann des ebenso behäbigen wie zuverläs-
sigen Sussexer Schlages, mit viel gesundem Menschenver-
stand hinter seinem wortkargen Äußeren. Er hörte sich alles,
was wir sagten, genau an und machte sich Notizen. Dann
zog er mich beiseite.
»Ich wäre für Ihren Rat dankbar, Mr. Holmes. Das hier ist
ein schwerer Brocken für mich. Und ich werde von Lewin
ganz schön abgekanzelt, wenn ich etwas falsch mache.«
Ich riet ihm, seinen unmittelbaren Vorgesetzten und einen
Arzt holen zu lassen. Auch sollte er darauf achten, daß
nichts von der Stelle bewegt würde und möglichst wenig
Fußabdrücke hinzukämen, bis die beiden da seien. Mittler-

weile untersuchte ich die Taschen des Toten. Ich fand sein Taschentuch, ein großes Messer, eine kleine Brieftasche. Aus dieser sah ein Zettel heraus. Ich nahm ihn und reichte ihn dem Polizisten. In dünner, weiblicher Handschrift war darauf gekritzelt: ICH WERDE KOMMEN, DU KANNST DICH AUF MICH VERLASSEN, MAUDIE. Es hörte sich nach einer Liebesbotschaft an, einem Stelldichein, obgleich das Wann und Wo offenblieb. Anderson tat das Papier wieder in die Brieftasche und steckte diese mit den anderen Gegenständen in den Burberry-Mantel zurück. Da sich sonst kein Beweismaterial mehr bot, wanderte ich heimwärts, um zu frühstücken. Vorher legte ich dem Konstabler noch nahe, das ganze Gelände um die Klippen sorgfältig abzusuchen.

Stackhurst kam eine gute Stunde später zu mir und berichtete, man habe den Toten abgeholt und nach »The Gables« geschafft, wo die Leichenschau gehalten werde. Wie ich erwartete, hatte man in den Kavernen unter den Felsen nichts gefunden. Aber eine andere wichtige Nachricht brachte Stackhurst. Bei Durchsicht der Papiere in McPhersons Schreibtisch hatte er den vertrauten Briefwechsel mit einer gewissen Maud Bellamy, aus Fulworth, sichergestellt. Dadurch war die Identität der Schreiberin jener Notiz ermittelt.

»Diese Briefe hat jetzt die Polizei«, erklärte Harold Stackhurst. »Leider konnte ich sie nicht mit hierhernehmen. Aber zweifellos handelt es sich um ein ernstes Liebesverhältnis. Ich sehe jedoch nicht ein, wie man es mit dem schrecklichen Geschehnis in Verbindung bringen sollte, abgesehen von der Tatsache freilich, daß das Mädchen eine Verabredung mit McPherson hatte.«

»Aber doch wohl kaum an einem Badeteich, der von Ihnen allen regelmäßig aufgesucht wird«, wandte ich ein.

»Ja, es ist reiner Zufall«, erwiderte er, »daß diesmal keine Studenten mit McPherson hingingen.«

»*War* es reiner Zufall?«

Stackhurst runzelte nachdenklich die Stirn. »Murdoch hielt sie zurück«, berichtigte er. »Er bestand darauf, einen algebraischen Beweis noch vor dem Frühstück zu Ende zu führen. Armer Kerl! Das alles hat ihn furchtbar niedergeschlagen.«

»Und doch ist wohl anzunehmen, daß die beiden keine Freunde waren.«

»Nein, eine Zeitlang bestimmt nicht. Aber seit einem Jahr oder noch länger stand Murdoch McPherson sogar ausgesprochen nahe. Er war ihm so zugetan, wie er es mit seinem zugeknöpften Wesen überhaupt nur fertigbringt. Von Natur ist er ja nicht gerade sehr gewinnend.«

»Das kommt mir auch so vor«, versetzte ich. »Meine ich mich doch zu erinnern, daß Sie mir einmal etwas von einem Zwist erzählten, weil er einen Hund mißhandelte?«

»Das wurde aber ganz beigelegt.«

»Könnte es nicht doch ein Rachegefühl hinterlassen haben?«

»Nein, nein; ich bin sicher, sie waren wirklich Freunde.«

»Gut, dann müssen wir die Sache mit dem Mädchen untersuchen. Kennen Sie es?«

»Oh, wer kennt Maudie nicht? Sie ist *die* Schönheit der ganzen Gegend. Eine echte Schönheit, Holmes, die überall Aufsehen erregen würde. Ich wußte, daß McPherson sich von ihr angezogen fühlte, hatte jedoch keine Ahnung, daß die Affäre sich so weit entwickelte, wie diese Briefe anzudeuten scheinen.«

»Wer ist sie?«

»Die Tochter des alten Thomas Bellamy, dem alle Boote und Badehütten von Fulworth gehören. Er hat als einfacher Fischer angefangen, ist aber jetzt ein gemachter Mann. Er und sein Sohn William betreiben das Geschäft.«

»Sollten wir sie nicht aufsuchen?«

»Unter welchem Vorwand?«

»Ach, der findet sich leicht. Schließlich hat der arme Mensch sich ja nicht selbst diese gräßlichen Wunden beigebracht. Irgendeines andern Hand muß schon die Peitsche – oder was es war – geführt haben. Sein Bekanntenkreis in dieser Einöde war sicher beschränkt. Wenn wir ringsum nachforschen, dürften wir sicherlich das Motiv herausfinden und dadurch wiederum auf die Spur des Täters stoßen.«

Es wäre ein ergötzlicher Spaziergang durch die thymianduftenden Downs geworden, hätte die Tragödie, die wir miterleben mußten, nicht unsere Gemüter vergiftet. Das Dorf Fulworth liegt in einer Niederung, die sich im Halbkreis um eine Bucht schmiegt. Hinter dem altertümlichen Weiler waren am Abhang entlang einige moderne Häuser gebaut. Zu einem von diesen führte mich Stackhurst.

»Das ist der ›Hafen‹, wie Bellamy sein Heim genannt hat. Sehen Sie, das dort mit dem Eckturm und dem Schieferdach. Nicht schlecht für einen Mann, der aus dem Nichts heraus angefangen hat . . . Himmel, was sagen Sie dazu?«

Das Gartentor am »Hafen« öffnete sich, und heraus trat ein großer dunkler Mann. Es war kein Irrtum möglich: Diese eckige, abweisende Erscheinung konnte nur die des Mathematikers Murdoch sein. Einen Augenblick später lief er uns auf der Straße in die Arme.

»Hallo!« rief Stackhurst. Der Mann nickte zerstreut, warf uns einen Seitenblick aus seinen merkwürdig finsteren Augen zu und wäre stracks an uns vorbeigelaufen, hätte sein Vorgesetzter ihn nicht angehalten.

»Was haben Sie dort getan?« fragte Stackhurst.

Murdochs Gesicht wurde rot vor Zorn. »Ich bin zwar Ihr Untergebener, Sir, aber ich glaube nicht, daß ich Ihnen Rechenschaft über meine privaten Handlungen schulde.«

Stackhursts Nerven hielten nach alldem, was er durchgemacht hatte, nicht mehr stand. Normalerweise konnte er sich sehr gut beherrschen. Aber jetzt geriet er außer Rand und Band.

»Unter den gegebenen Umständen ist Ihre Antwort eine Unverschämtheit, Mr. Murdoch!« schrie er.

»Und Ihre Frage könnte man vielleicht ganz genauso auffassen«, versetzte der andere in kalter Wut.

»Es ist nicht das erste, aber bestimmt das letzte Mal, daß ich mir Ihr undiszipliniertes Verhalten gefallen lasse. Sie werden die Güte haben, sich so rasch wie möglich nach einer anderen Stellung umzusehen.«

»Das wollte ich ohnehin. Ich habe heute doch den einzigen Menschen verloren, der mir den Aufenthalt in ›The Gables‹ erträglich machte!«

Und damit stürmte er davon, während Stackhurst ihm nachsah.

»Ein unmöglicher, ein unerträglicher Mensch!« rief er empört.

Was sich mir dabei aufdrängte, war der Gedanke, daß Levin Murdoch vielleicht nur die erste Gelegenheit ergriff, dem Tatort zu entrinnen. Undeutlich und nebelhaft regte sich etwas wie Argwohn in mir. Vielleicht würde der Besuch bei den Bellamys etwas mehr Licht in die Angelegenheit bringen. Stackhurst riß sich zusammen, und wir gingen auf das Haus zu.

Mr. Bellamy war ein Mann mittleren Alters mit flammendrotem Bart. Er schien in sehr ärgerlicher Gemütsverfassung, denn sein Gesicht war beinahe so rot wie sein Haar.

»Nein, Sir, Einzelheiten interessieren mich nicht«, erklärte er. »Mein Sohn hier« – er wies auf einen mächtigen jungen Burschen mit grobem, verdrießlichem Gesicht – »ist mit mir einer Meinung darüber, daß Mr. McPherson Maud auf beleidigende Weise den Hof gemacht hat. Ja, Sir. Von Heirat war nämlich nie die Rede. Trotzdem gab es Briefe, Stelldicheins und eine ganze Menge anderes, womit keiner von uns einverstanden sein konnte. Sie hat keine Mutter, und wir sind die einzigen, die über sie wachen. Und wir haben beschlossen ...«

Zur Erläuterung seines Beschlusses kam er nicht, denn die Dame selbst war an der Tür erschienen. Nicht zu Unrecht hieß es von ihr, sie wäre die Zierde jeder Gesellschaft gewesen. Wer hätte sich vorgestellt, daß diese seltene Blume aus solcher Wurzel und in solcher Atmosphäre gedeihen könnte? Für mich besaßen Frauen kaum je Anziehungskraft, stets hat mein Verstand mein Herz gelenkt. Aber in dieses ebenmäßige und klargeschnittene Gesicht mit der sanften Frische des Downlandes und den zarten Farben konnte selbst ich nicht blicken, ohne zu begreifen, daß jeder junge Mann, der Mauds Weg kreuzte, sich Hals über Kopf in sie verlieben mußte. So viel über das Mädchen, das jetzt gespannt und mit großen Augen vor Harold Stackhurst stand.

»Ich weiß ja schon, daß Fitzroy tot ist«, sagte sie. »Scheuen Sie sich nicht, mir die Einzelheiten mitzuteilen!«

»Der andere Herr hat uns schon davon in Kenntnis gesetzt«, erklärte der Vater.

»Ich sehe nicht ein, warum Maud in die Angelegenheit hineingezogen werden soll«, brummte der jüngere Mann.

Seine Schwester warf ihm einen ungestümen, brennenden Blick zu. »Das ist meine Sache, William! Laß sie mich gefälligst allein zu Ende führen! Hier liegt doch bestimmt ein Verbrechen vor, oder? Wenn ich helfen kann, herauszufinden, wer es auf dem Gewissen hat, ist das doch das mindeste, was ich für ihn noch tun muß.«

Aufmerksam folgte sie dem kurzen Bericht meines Gefährten. Ihre gefaßte Konzentration zeigte mir, daß sie nicht nur große Schönheit, sondern auch einen starken Charakter besaß. Maud Bellamy steht immer als eine vollkommene Erscheinung und höchst bemerkenswerte Frau vor meinem geistigen Auge. Offenbar kannte sie mich schon vom Sehen her, denn zum Schluß wandte sie sich an mich.

»Bringen Sie die Burschen vor Gericht, Mr. Holmes! Sie können mit meiner Hilfe rechnen, wer sie auch sein mögen.« Und mir war, als blickte sie ihren Vater und ihren Bruder herausfordernd an, als sie so sprach.

»Ich danke Ihnen«, sagte ich. »Die Intuition einer Frau weiß ich in solchen Dingen wohl zu schätzen. Sie gebrauchen die Mehrzahl. Demnach nehmen Sie wohl an, daß nicht nur *eine* Person die Schuld trifft?«

»Ich habe Mr. McPherson gut genug gekannt, um zu wissen,

daß er tapfer und stark war. Einer allein hätte es wohl kaum fertiggebracht, ihn derartig zu mißhandeln.«

»Könnte ich Sie einen Augenblick unter vier Augen sprechen?«

»Ich sag' dir eins, Maud, misch dich nicht in diese Angelegenheit!« rief der Vater ärgerlich.

Sie sah mich ratlos an. »Was soll ich machen?«

»Alle Welt wird die Tatsachen bald wissen«, antwortete ich, »so kann ich keinen Schaden anrichten, wenn ich sie hier erörtere. Es wäre mir lieber gewesen, nur mit Ihnen privat darüber zu reden, aber da Ihr Vater es nicht erlauben will, muß er eben an der Unterhaltung teilnehmen.«

Dann sprach ich von dem Zettel, der in der Brieftasche gefunden worden war. »Er wird sicher bei der Untersuchung hervorgeholt. Darf ich Sie bitten, den Inhalt zu erklären, soweit es Ihnen möglich ist?«

»Ich brauche kein Geheimnis daraus zu machen«, antwortete sie. »Wir waren verlobt, behielten es aber vorläufig für uns, weil ein Onkel, der sehr alt ist und im Sterben liegen soll, Fitzroy vielleicht enterbt hätte, wenn der eine Ehe gegen seinen Wunsch eingegangen wäre. Einen anderen Grund hatten wir nicht.«

»Uns hättest du das aber sagen können«, brummelte Mr. Bellamy.

»Ich wollte ja, Vater, aber du warst so dagegen.«

»Ja, ich *habe* etwas dagegen, wenn meine Tochter mit Männern außerhalb ihres Standes anbändelt.«

»Es war nur dein Vorteil, und darum haben wir dir nichts gesagt ... Was die Verabredung angeht« – dabei nestelte sie an ihrem Kleid herum und brachte einen zerknitterten Zettel zum Vorschein –, »so war sie die Antwort darauf.«

LIEBSTE, lautete die Botschaft, AUF UNSEREM ALTEN PLATZ AM STRAND, GLEICH NACH SONNENUNTERGANG, AM DIENSTAG. ES IST DIE EINZIGE ZEIT, WO ICH FORTKANN.   F.M.

»Dienstag, das ist heute; heute abend wollten wir uns treffen.«

»Wie haben Sie die Nachricht erhalten? Sie ist bestimmt nicht mit der Post gekommen.«

»Darauf möchte ich lieber nicht antworten. Die Frage hat ganz sicher nichts mit dem Fall, den Sie untersuchen, zu tun. Aber über alles, was damit zusammenhängen könnte, will ich Ihnen gerne Auskunft geben.«

Und sie hielt Wort. Trotzdem half uns nichts in unserer Fahndung weiter. Nein, sie glaubte nicht, daß ihr Bräutigam einen verborgenen Feind gehabt habe. Doch gab sie zu, daß ihr manche Männer stürmisch den Hof machten.

»Darf ich fragen, ob Mr. Levin Murdoch einer von ihnen war?«

Sie errötete und schien verlegen. »Ja, früher war es mir wohl so vorgekommen. Aber das hat sich alles geändert, als er von der Beziehung zwischen Fitzroy und mir hörte.«

Wieder dieser seltsame Mensch! Ja, man mußte seinen Leumund prüfen, seine Zimmer privat durchsuchen. Stackhurst würde hierfür ein williger Mitarbeiter sein. Denn auch in ihm hatte sich Verdacht geregt. Von unserem Besuch im »Hafen« kehrten wir mit der Hoffnung zurück, ein Ende des wirren Knotens in Händen zu haben.

Eine Woche ging vorüber. Bei der Leichenschau war nichts geklärt und die Untersuchung daher bis nach der Auffindung weiterer Beweismaterials vertagt worden. Stackhursts geheime Nachforschungen über seinen Untergebenen sowie eine oberflächliche Durchsuchung von dessen Zimmer blieben ergebnislos. Ich persönlich war nochmals im Geist und in der Tat durch das ganze Gelände gegangen, ohne jedoch zu neuen Schlüssen zu gelangen. Nicht einmal meine berühmte Phantasie war imstande, eine Lösung für dieses Rätsel zu ersinnen. Da kam die Begebenheit mit dem Hund hinzu.

Meine alte Haushälterin hörte davon durch die sonderbare drahtlose Verbindung, mittels derer diese Leute sämtliche Neuigkeiten der Umgegend auskundschafteten.

»Traurige Geschichte, was da mit dem Hund von Mr. McPherson passiert ist, Sir«, meinte sie eines Abends seufzend.

»Was ist los mit dem Hund von Mr. McPherson?« fragte ich zurück.

»Tot, Sir. Gestorben vor Kummer um seinen Herrn.«

»Wer hat Ihnen denn das erzählt?«

»Ach, Sir, da spricht doch jeder davon. Er hat schrecklich gejammert und eine Woche lang nichts gefressen, das arme Vieh. Und heute haben ihn zwei junge Leute von ›The Gables‹ tot aufgefunden. Drunten am Strand, Sir, genau an derselben Stelle, wo es auch sein Herrchen erwischt hat.«

An derselben Stelle! Die Worte gruben sich in mein Gedächtnis ein, und irgendwo hatte ich die unbestimmte Empfindung, dies sei wesentlich. Daß der Hund gestorben war, lag in der Natur dieser treuen Wesen. Aber an derselben Stelle! Warum war gerade der einsame Badeplatz auch für ihn verhängnisvoll geworden? Konnte auch er einem Racheplan zum Opfer gefallen sein? Bestand diese Möglichkeit? Ja, die Empfindung war nur sehr vage, aber etwas nahm in meinem Geiste Gestalt an. In wenigen Minuten war ich auf dem Wege nach »The Gables«, wo ich Stackhurst in seinem Arbeitszimmer antraf. Auf meine Bitte ließ er Sudbury und Blount, die beiden Studenten, die den Hund gefunden hatten, holen.

»Ja, er lag am Rand des Teiches«, sagte der eine von ihnen. »Er muß der Spur seines toten Herrn gefolgt sein.«

Ich sah das treue kleine Geschöpf, einen Airedaleterrier, draußen auf einer Matte in der Vorhalle liegen. Der Körper war starr und steif, die Augen traten hervor, die Glieder waren verrenkt. Ein böser Todeskampf mußte diese Spuren eingezeichnet haben. Von »The Gables« wanderte ich zu dem Badetümpel hinab. Die Sonne war schon untergegangen. Schwarz zeichnete sich der Schatten der großen Klippe auf dem Wasser ab, das fahl wie eine Scheibe aus Blei glitzerte. Weit und breit war an diesem verlassenen Ort kein Lebewesen zu sehen außer zwei Möwen, die über mir kreisten und schrien. Im schwindenden Licht konnte ich nur schwach die Spur des Hundes im Sand erkennen, rund um den Felsen, wo seines Herrn Handtuch gelegen hatte. Lange Zeit stand ich tief in Meditation versunken, während die Schatten um mich dunkler und dunkler wurden. In meinem Kopf jagten sich die Gedanken. Man kennt den Alptraum, in dem wir fühlen, wie etwas äußerst Wichtiges, wonach wir suchen und von dessen Vorhandensein wir wissen, sich immer wieder unserer Reichweite entzieht. So erging es mir an jenem Abend, da ich grübelnd am Küstenstrich des Todes stand. Schließlich kehrte ich um und wanderte langsam heimwärts.

Ich hatte gerade den höchsten Punkt des Pfades erreicht, als das, was ich so voller Eifer und doch vergebens zu fassen gesucht, wie ein Blitz in mir aufzuckte. Ihnen allen bekannt – oder Watson hätte seine Berichte umsonst geschrieben –, daß ich eine große Sammlung etwas abstruser Kenntnisse besitze, zwar ohne wissenschaftliches System, aber von großem Wert für meine Arbeit. Mein Hirn gleicht einem überfüllten Dachboden, voller Päckchen und Kisten, und es sind so viele, daß ich selbst nur ungefähr ahne, was sich alles dort befindet. Immerhin wußte ich in dem Augenblick, es war etwas darunter, was auf die derzeitige Angelegenheit Bezug haben könnte. Noch hatte ich keine deutliche Vorstellung davon, aber wenigstens war mir klar, wo ich nachsehen mußte. Es schien ungeheuerlich und wenig glaubhaft, aber es war eine Möglichkeit, die ich nicht unerprobt lassen wollte.

In meinem Landhäuschen gibt es einen Speicher, der mit Büchern vollgestopft ist. Darin tauchte ich unter und räumte eine Stunde herum. Mit einem kleinen schokoladebraunen und silbernen Band in der Hand kam ich wieder zum Vorschein. Voller Neugier schlug ich das Kapitel auf, an das ich mich nur noch schwach erinnerte. Ja, es war wirklich eine weit hergeholte und recht unwahrscheinliche Vermutung.

Gleichwohl konnte ich keine Ruhe finden, ehe ich mich nicht überzeugt hatte, ob sie stimmte. Spät in der Nacht legte ich mich zum Schlafen nieder in begieriger Erwartung des nächsten Tages.

Doch erfuhr das, was ich mir vorgenommen, eine ärgerliche Unterbrechung. Kaum hatte ich meine frühmorgendliche Tasse Tee hinuntergeschüttet und war im Aufbruch zum Strand begriffen, als mich Inspektor Bardle von der Sussex-Polizeistation aufsuchte. Die Augen des stattlich gebauten, stiernackigen Mannes hefteten sich mit besorgtem Ausdruck auf mich, als er sagte:

»Ich kenne Ihre ungeheure Erfahrung, Sir. Mein Besuch soll ganz unter uns bleiben. Aber aus diesem McPherson-Fall werde ich überhaupt nicht schlau. Die Frage ist, soll ich ihn nun verhaften oder nicht?«

»Sie meinen Mr. Levin Murdoch?«

»Jawohl, Sir. Es ist wirklich sonst niemand da, wenn man's bedenkt. Das hat diese Einöde wieder für sich. Man ist nur auf einen kleinen Bereich beschränkt. Wenn nicht er, wer soll's dann gewesen sein?«

»Auf welche Beweise wollen Sie sich denn stützen?«

Er hatte dieselben unzureichenden Argumente gesammelt wie ich: Murdochs eigenartiger Charakter, das Geheimnis, von dem er umwittert schien. Seine gelegentlichen Wutanfälle, wie sie die Hundeepisode bewies; schließlich die Tatsache, daß er in der Vergangenheit einen Streit mit Mr. McPherson gehabt hatte, aufgrund dessen die Vermutung gerechtfertigt schien, daß er dessen Beziehung zu Miss Bellamy übelnahm. Der Inspektor hatte alle meine Bedenken, aber keinen neuen Verdachtsgrund außer Murdochs Vorbereitungen zu seiner Abreise.

»Wie stehe ich da, wenn ich ihn entwischen lasse, mit all dem Belastungsmaterial, das ich gegen ihn habe?« Den stämmigen Phlegmatiker quälte seine eigene Unschlüssigkeit.

»Ziehen Sie doch einmal alle Lücken Ihres Falles in Betracht«, erwiderte ich. »Sicher kann er ein Alibi für den Morgen des

Verbrechens nachweisen. Er war bis zum letzten Augenblick bei seinen Schülern. Und erst einige Minuten nach McPhersons Auftauchen kam er aus der entgegengesetzten Richtung uns nach. Vergegenwärtigen Sie sich auch, daß er unmöglich diesen Gewaltakt allein an einem Menschen verüben konnte, der genauso stark wie er selbst war. Schließlich wirft sich noch die Frage auf, mit welchem Instrument diese Verletzungen hervorgerufen wurden.«

»Was kann es sonst gewesen sein als eine Geißel oder eine Art biegsamer Peitsche?«

»Haben Sie die Striemen untersucht?«

»Ja, ich war dabei, als der Arzt sie angesehen hat.«

»Nun, ich habe sie sorgfältig unter meine Lupe genommen. Sie sind von besonderer Beschaffenheit.«

»Von welcher denn, Mr. Holmes?«

Ich ging zu meinem Schreibtisch und holte eine vergrößerte Fotografie hervor.

»Das ist meine Methode in solchem Fall«, erklärte ich.

»Sie machen wirklich alles sehr gründlich, Mr. Holmes!«

»Ich wäre kaum, was ich bin, wenn ich das nicht täte. Wir wollen uns jetzt diesen Striemen ansehen, der sich um die rechte Schulter zieht. Fällt Ihnen nichts daran auf?«

»Das könnte ich nicht behaupten.«

»Offenkundig ist er doch ungleich in der Stärke. Hier erkennen Sie einen Flecken ausgetretenen Blutes – und hier wieder – und hier. Was hat das zu bedeuten?«

»Ich habe keine Ahnung, Sir, wissen Sie's?«

»Vielleicht – vielleicht auch nicht. Möglicherweise werde ich bald mehr darüber sagen können. Wenn wir erst genauer wissen, was diese Spuren hinterließ, sind wir ein gutes Stück weiter.«

»Natürlich ist es ein abwegiger Einfall«, meinte der Polizist, »aber wenn man ein rotglühendes Drahtnetz über den Rükken gelegt hätte, dann wären diese deutlicher hervortretenden Stellen die Punkte, wo die Maschen sich gekreuzt haben.«

»Ein ausgezeichneter Vergleich! Und was meinen Sie zu einer neunschwänzigen Katze mit kleinen harten Knoten dran?«

»Donnerwetter, Mr. Holmes, Sie haben den Nagel auf den Kopf getroffen.«

»Aber vielleicht gibt's auch eine ganz andere Ursache, Mr. Bardle. Jedenfalls reicht, was Sie gegen Murdoch vorzubringen haben, für eine Verhaftung nicht aus. Dann sind da ja auch noch die letzten Silben des Sterbenden: ›... Löwenmähne‹.«

»Ich habe mir schon überlegt, ob Levin ...«

»Gewiß; auch ich zog das in Erwägung. Wenn der zweite Teil irgendwelche Ähnlichkeit mit ›Murdoch‹ gehabt hätte – aber das hat er nicht. Er stieß es fast wie einen Schrei hervor, und ich bin ganz sicher, es lautete ›Mähne‹.«

»Haben Sie keine Alternative, Mr. Holmes?«

»Vielleicht schon. Aber ich möchte nicht darüber sprechen, ehe ich auf festem Grund bauen kann.«

»Und wann wird das sein?«

»In einer Stunde – womöglich noch früher.«

Der Inspektor rieb sich das Kinn und sandte mir einen zweifelnden Blick zu.

»Ich wollte, ich könnte sehen, was Sie da im Kopf haben, Mr. Holmes. Vielleicht sind's jene Fischerboote?«

»Nein, nein; die waren zu weit draußen.«

»Oder – etwa dieser Bellamy und sein dicker Sohn? Die waren doch Mr. McPherson nicht sehr gewogen. Ob sie ihm einen Streich gespielt haben?«

»Nichts da! Sie holen nichts aus mir heraus, bevor ich nicht fertig bin«, versetzte ich lächelnd. »Nun, aber bis dahin, Inspektor, hat jeder von uns seine eigene Aufgabe. Vielleicht wären Sie so nett, mich hier mittags wieder zu treffen?«

So weit waren wir gediehen, als sich etwas Verblüffendes ereignete, das uns der Lösung förmlich entgegenstieß.

Meine Haustür flog auf, und ich hörte polternde Schritte auf dem Gang. Gleich darauf stolperte bleich, zerzaust, die Kleider in wilder Unordnung, Levin Murdoch ins Zimmer. Mit seinen mageren Händen klammerte er sich an die Möbel, um sich aufrecht zu halten. »Branntwein, Branntwein!« keuchte er und fiel stöhnend aufs Sofa.

Er war nicht allein. Hinter ihm kam Stackhurst, schwer atmend, ohne Hut und fast ebenso aufgelöst wie sein Gefährte. »Ja, ja, einen Kognak oder etwas dergleichen!« rief er. »Der arme Mensch ist in den letzten Zügen. Ich konnte nicht mehr für ihn tun, als ihn herbringen. Unterwegs wurde er zweimal ohnmächtig.«

Ein halbes Glas starken Branntweins tat erstaunliche Wirkung. Der Kranke stützte sich auf einen Arm und schleuderte die Jacke von seinen Schultern. »Um Gottes willen, Öl. Opium, Morphium!« schrie er. »Irgendwas, um diese Höllenpein zu lindern!«

Der Anblick des nackten Rückens hatte bei dem Inspektor und mir den gleichen bestürzten Ausruf zur Folge. Über die Schulter des Mannes breitete sich netzartig dasselbe unheimliche Muster aus, dessen hochrote entzündete Striemen das Todesmerkmal Fitzroy McPhersons gewesen waren.

Murdoch hatte offensichtlich – und nicht nur an diesen wunden Stellen – furchtbare Schmerzen. Zeitweise setzte sein Atem aus, und sein Gesicht wurde blau. Dann griff er laut keuchend nach seinem Herzen, während ihm der Schweiß von der Stirn rann. Immer wieder rang er mit dem Tod. Mehr und mehr Kognak schütteten wir dem Gepeinigten die Kehle hinunter. Jedes frische Glas erweckte ihn nochmals zum Leben. In Salatöl getränkte Wattebäusche schienen die schlimmsten Schmerzen zu lindern. Schließlich fiel sein Kopf schwer auf das Kissen nieder. Die erschöpfte Natur suchte eine letzte Zuflucht: Es war halb Schlaf, halb Ohnmacht. Von dem Leidenden etwas zu erfragen, war unmöglich gewesen. Aber im Augenblick, in dem wir seinetwegen etwas beruhigter sein durften, wandte Stackhurst sich mir zu. »Mein Gott!« rief er. »Holmes, was ist es nur?«

»Wo haben Sie ihn gefunden?« fragte ich.

»Unten am Strand. Genau da, wo es mit dem armen McPherson zu Ende ging. Wenn dieser hier ein schwaches Herz wie
Fitzroy gehabt hätte, wäre er jetzt nicht hier. Öfter als einmal
habe ich gedacht, es sei um ihn geschehen, als ich ihn her-
aufbrachte. Bis ›The Gables‹ war es zu weit. Deshalb sind wir
zu Ihnen gekommen.«

»Haben Sie gesehen, was er am Strand getan hat?«

»Ich wanderte über die Klippen, als ich seinen Schrei hörte.
Wie ein Betrunkener torkelte er am Rand des Teiches entlang. Ich lief hinunter, warf ihm ein paar Kleidungsstücke
über und brachte ihn herauf. Um Himmels willen, Holmes,
setzen Sie alle verfügbaren Kräfte ein, den Fluch von diesem
Ort zu nehmen, denn das Leben ist hier ja unerträglich geworden. Können nicht einmal Sie etwas für uns tun?«

»Doch, ich glaube schon, daß ich es kann, Stackhurst. Kommen Sie mit mir – und Sie auch, Inspektor! Ich will schauen,
ob es mir nicht gelingt, Ihnen den Mörder auszuliefern.«

Wir überließen den Bewußtlosen der Obhut meiner Haushälterin und gingen alle drei zu der verhängnisvollen Lagune hinunter. Auf dem Kies lag ein Häufchen aus Klei-
dungsstücken und Handtüchern, die der Überfallene zurückgelassen hatte. Langsam wanderte ich um den Tümpel
herum; meine Kameraden kamen hinter mir her. Der Teich
war großenteils ziemlich seicht. Aber unter der Klippe, wo
das Ufer sich buchtete, mochte er etwa fünf Fuß tief sein. An
diese Stelle würde ein Schwimmer sich natürlich begeben,
denn hier war das Wasser durchsichtig grün und klar wie ein
Kristall. Unmittelbar an dem felsigen Ufer unter der Klippe
entlang führte ich meine Gefährten und starrte mit beharrli-
cher Aufmerksamkeit in die Tiefe unter mir. Wir hatten eben
den tiefsten und stillsten Teil erreicht, als mein Auge er-
spähte, was es so emsig gesucht, und ich einen Schrei des
Triumphes ausstieß. »Cyanea!« rief ich und noch einmal
»Cyanea! – Sehen Sie sie dort, die Löwenmähne?«

Die seltsame Masse, auf die ich deutete, glich in der Tat
einem Haargewirr, das man aus der Mähne eines Löwen ge-

rissen haben konnte. Sie lag auf einer Felsenplatte, etwa drei Fuß unter der Wasseroberfläche; ein merkwürdig wedelndes, vibrierendes, haariges Lebewesen mit Silberstreifen zwischen den gelben Zotteln. Es pulsierte, indem es sich langsam, schwerfällig ausdehnte und wieder zusammenzog. »Die Brut hat Unheil genug angerichtet. Ihre Zeit ist um!« rief ich. »Helfen Sie mir, Stackhurst! Wir wollen den Mörder für immer unschädlich machen!«

Unmittelbar an der Kante über dem Felsvorsprung lag ein mächtiger Gesteinsbrocken. Den schoben wir vorwärts, bis er mit ungeheurem Getöse ins Wasser klatschte. Als das Wellengekräusel sich geklärt hatte, sahen wir: Er war auf die Felsenplatte gefallen. Das zuckende Ende eines herausragenden Nesselfadens zeigte an, daß sich unser Opfer darunter befand. Dicker, öliger Schaum trat unter dem Stein hervor und verfärbte das Wasser, während er langsam an die Oberfläche stieg.

»Also, da schlag doch einer lang hin!« rief der Inspektor staunend. »Was war denn das nun, Mr. Holmes? Ich bin hierzulande geboren und aufgewachsen, aber so ein Ding hab' ich noch nie gesehen! Das gehört bestimmt nicht nach Sussex.«

»Ein Glück für Sussex«, bemerkte ich ernst. »Gut möglich, daß es der Südweststurm angeschwemmt hat. Kommen Sie nun beide mit mir nach Hause! Ich will Ihnen die schreckliche Erfahrung eines Menschen weitergeben, dessen Begegnung mit diesem unheimlichen Meeresbewohner für uns so aufschlußreich geworden ist.«

Als wir in meinem Zimmer anlangten, fanden wir Murdoch so weit erholt, daß er sich aufsetzen konnte. Er war aber noch sehr benommen und wurde alle paar Sekunden von krampfartigen Schmerzen geschüttelt. In abgehackten Sätzen erklärte er, keine Erinnerung an das Geschehene zu haben, außer, daß ihm plötzlich qualvolle Stiche durch den ganzen Körper gejagt seien und er nur mit Mühe und Not das Ufer wieder erreicht habe.

»Hier ist das Buch«, sagte ich und nahm den kleinen braunen Band zur Hand, »das uns zum erstenmal Einsicht in eine Domäne verschafft, die andernfalls vielleicht heute noch in Dunkel gehüllt wäre. Es heißt ›Draußen‹*, und der große Forscher, der es verfaßte, Wood, wäre beinahe selbst an der Berührung mit dieser niederträchtigen Kreatur zugrunde gegangen. So schreibt er aus eigenster Kenntnis heraus. *Cyanea Capillata* ist der vollständige Name dieses Bösewichts, der so lebensgefährlich werden kann wie die Kobra und weit größere Qualen verursacht. Lassen Sie mich diesen kurzen Auszug hier vorlesen:

›Erblickt der Badende eine lose, rundliche Masse aus lohfarbenen Gliedmaßen und Fibern, etwa einem großen Stück Löwenmähne mit Silberpapier vermischt, gleichend, so sei er sehr auf der Hut. Es handelt sich nämlich um die furchtbare, giftige *Cyanea Capillata*!‹ Könnte unsere schreckliche Bekanntschaft von vorhin zutreffender beschrieben sein? – Er fährt fort, indem er seine eigene Begegnung mit der Meduse schildert, als er einmal weiter hinausschwamm. Dabei fand er heraus, daß sie fast unsichtbar über eine Entfernung von fünfzehn Metern hinweg Fangfäden aussendet und daß jeder in diesem Umkreis in Todesgefahr schwebt. Sogar in größerer Entfernung wäre die Wirkung für Wood fast tödlich geworden. Hören Sie weiter:

›Die zahlreichen Fäden verursachen dünne scharlachrote Linien auf der Haut, die, wie ich bei genauer Betrachtung feststellte, sich in winzige Pusteln auflösten. Jeder dieser schwärenden Tupfen verursacht einen bohrenden Schmerz, als würden die Nerven von glühenden Nadeln durchstochen.‹

Der örtliche Schmerz war, wie er erklärt, noch das wenigste bei dieser ausgesuchten Folterqual. ›Beklemmungen schossen durch die Brust, die bewirkten, daß ich hinstürzte, als sei ich von einer Kugel getroffen. Der Pulsschlag setzte aus – und dann hüpfte das Herz sechs- oder siebenmal, als wollte

* *Out of Doors* by J. G. Wood

174

es die Kammer sprengen und sich den Weg nach außen erzwingen.‹

Der Vorgang hat ihn beinahe getötet, obwohl er der giftigen Strahlung doch nur im bewegten Ozean und nicht in einem engen stillen Gewässer, wie es unser Badetümpel ist, ausgesetzt war. Er sagt, daß er sich hinterher kaum wiedererkannte, so leichenblaß, runzlig und zerknittert war sein Gesicht. Er genehmigte sich eine ganze Flasche Branntwein, das scheint ihm das Leben gerettet zu haben. Hier, nehmen Sie das Buch, Inspektor. Ich überlasse es Ihnen. Sie werden zweifellos erkennen, daß es die vollständige Erklärung der Tragödie des unglücklichen McPherson enthält.«

»Und beiläufig mich entlastet«, bemerkte Levin Murdoch mit verzerrtem Lächeln. »Ich tadle weder Sie, Inspektor, noch Sie, Mr. Holmes; Ihr Verdacht war nur zu natürlich. Anscheinend habe ich mich am Vorabend meiner Verhaftung nur dadurch rehabilitiert, daß ich das Schicksal meines armen Freundes teilte.«

»Nein, Mr. Murdoch. Ich war bereits auf der richtigen Spur. Und wäre ich so früh unten am Strand gewesen, wie ich ursprünglich beabsichtigte, hätte ich Sie vor diesem schrecklichen Abenteuer bewahren können.«

»Aber wie sind Sie nur auf den Mörder gekommen, Mr. Holmes?«

»Ich bin ein allesverschlingender Leser mit einem sonderbar aufmerksamen Gedächtnis für scheinbare Nebensächlichkeiten. Der Ausdruck ›Löwenmähne‹ spukte mir im Kopf herum. Ich wußte, daß ich ihm schon irgendwo begegnet war. Sie haben gesehen, wie richtig er diese Medusenart beschreibt. Zweifellos schwamm sie auf dem Wasser, als McPherson sie erblickte. Und nur durch diese Bezeichnung konnte er die Warnung an uns weitergeben.«

»Dann bin ich wenigstens freigesprochen«, bemerkte Murdoch seufzend und stand langsam auf. »Ich möchte noch zwei, drei aufklärende Worte hinzufügen, denn ich weiß ja, in welcher Richtung Ihre Nachforschungen gelaufen sind.

Daß ich jene junge Dame geliebt habe, ist die reine Wahrheit. Aber vom Tage an, wo sie sich für meinen Freund McPherson entschied, war in mir nur der Wunsch, ihr zu ihrem Glück zu verhelfen. Ich begnügte mich gern damit, Vermittler zu sein. Oft trug ich ihre Briefe hin und her, denn sie hatten mich ins Vertrauen gezogen. Und da mir Maudie so teuer war, eilte ich, ihr meines Freundes Tod mitzuteilen, ehe ein anderer mir zuvorkäme und dieses in vielleicht harter, herzloser Weise besorgte. Sie wollte Ihnen von unseren Beziehungen nichts sagen, Sir, damit ich nicht unter Ihrer Mißbilligung zu leiden hätte ... Aber mit Ihrer Erlaubnis möchte ich jetzt versuchen, nach ›The Gables‹ zu gelangen, denn mein Bett wird mir jetzt sehr willkommen sein.«

Stackhurst streckte ihm die Hand entgegen. »Unsere Nerven wurden bis zum äußersten angespannt«, sagte er. »Bitte, vergeben Sie mir, was hinter uns liegt. In Zukunft werden wir einander besser verstehen.« Freundschaftlich untergehakt gingen sie zusammen hinaus. Der Inspektor blieb und starrte mich schweigend mit seinen Ochsenaugen an.

»Na, da hätten Sie's ja wieder mal geschafft!« rief er schließlich anerkennend aus. »Sicher, man hört ja viel von Ihnen, aber ich habe immer nur das wenigste davon geglaubt ... Fabelhaft war das!«

»Ich war aber zu langsam beim Start«, sagte ich. »Kaum entschuldbar langsam. Hätte man die Leiche im Wasser gefunden, wäre für mich kaum ein Irrtum möglich gewesen. Das unbenutzte Handtuch brachte mich durcheinander. Der arme Teufel hat überhaupt nicht daran gedacht, sich abzutrocknen. Ich aber verfiel auf den Gedanken, er sei gar nicht im Wasser gewesen. Wie sollte ich also den Angreifer *im Wasser* suchen? Das war's, weshalb ich zunächst fehlging. Lassen wir's gut sein, Inspektor! Wie oft hab' ich es gewagt, euch Herren von der Polizei ein Schnippchen zu schlagen. Nun hätte *Cyanea Capillata* Scotland Yard um ein Haar an mir gerächt.«

Inhalt

Der Schwarze Peter 5
Der abgerissene Zettel 31
Die drei Studenten 58
London im Nebel 82
Chinesisches Porzellan 119
Die Löwenmähne 153